青春阅读　幸得相见

有爱的青春陪伴者

JIANGBIANJUTADAODIXIANGZENYANG

江编剧她到底想怎样

黄裳 著

花山文艺出版社

黄裳

喜欢到处吃,到处玩,可是胃不好,人也懒。于是成为了一个正在文字道路张开触角的小透明。
想要写最有个性的人和最有温度的故事,也立志做山头最野的猫。

新浪微博:@老狐蹒跚

前言

愿你永远可爱 ————

我的朋友圈很神奇,好像我加的每个朋友都很喜欢卖"安利"。

上到歌手演员,下到美妆护肤品。

前阵子《我的 ID 是江南美人》很火,车银优超帅,我有个朋友只要碰到我在线,就会疯狂"安利"我,躲都躲不掉。

于是,我吃了这个"安利",然后非常开心地跌进了剧情里,每天看见男主角就感觉超幸福!

我每天都跟她聊剧情,看完更新就会去 B 站看那种甜甜的片段,所以大结局的时候我失落了很久。

你们懂得吧,当一个故事结束的时候,如果没有新的故事吸引我的注意,就会不停地回忆上个故事的情节,反反复复。

就像谈恋爱一样。

所以,在一个平平淡淡的下午,当这个故事出现在了我眼前的时候,我的内心抑制不住地兴奋。

因为,我可以从上一段"恋情"解脱,进入下一段"爱情"了!(感觉自己好渣哦。)

准备好,我也要卖"安利"了哦。

在这个故事里,沈柯轩这个总裁很自恋,而且自恋得很可爱。一边说女主角勾引她,一边又忍不住向她靠近。所以,这不就是"勾引"成功了吗!沈总,请你醒醒啊!

虽然沈柯轩总是调侃女主,但内心深处是温柔的。他总是不愿意承认自己对女主角的好，嘴上说着不希望女主角发现，心里却还是很想女主角知道并且来找他。

是个纠结的人啊，却意外有点萌。

还有江水，古灵精怪的，每天都元气满满，感觉好像永远都不会丧。
她对自己热爱的东西有所坚持，带着一丝丝小小的倔强。
还有故事里的其他人物，比如南华，比如安诗韵，比如苏一桉。
他们都是简简单单，美好乐观的，没有复杂的爱恨情仇，却深入人心。

我很喜欢看黄裳的朋友圈。
在这个大多数好友都设置了三天可见的年代，黄裳简直是个宝藏女孩儿。
她的朋友圈永远都很生活化，而且有趣，有她的吐槽，也有她的感悟。
她有时候隔几天会发一条，有时候一天会发很多条。开心她要说出来，难过受委屈她也要说出来。
生活得明明白白，一点架子也没有。
大概只有这样一个简单的人才能写出这么可爱的故事吧。

我最喜欢的日剧《逃跑可耻但有用》里有句台词：可爱是最高级的形容词。
我希望这个可爱的故事能够带给你们一个愉快的心情。
如果你能够看到某个情节忍俊不禁，那这个故事的目的就达到了。
生活已经如此艰难，愿看到故事的你快乐幸福，永远可爱。

橘子

目录 CONTENTS

001 **Chapter1** 爱情的序章是个什么麻烦	010 **Chapter2** 一棵树上吊三次
034 **Chapter3** 能省点儿力就别费脑子	054 **Chapter4** 亲眼看见潜规则第一现场
077 **Chapter5** 扑克脸和月球坑	090 **Chapter6** 第一天就给我惹事
109 **Chapter7** 沈总一紧张就折纸	119 **Chapter8** 美女,坐跑车吗

目录

130 **Chapter9** 她是设计好的，她是故意的	153 **Chapter10** 摩天轮里有八卦
167 **Chapter11** 盛世有明星	195 **Chapter12** 恭喜你被写进小说了
208 **Chapter13** 总裁的攻势	224 **Chapter14** 女人，你逃不掉
248 **Chapter15** 糖和你，都很甜	271 **番外一** 今夜不让你入睡
275 **番外二** 喜欢口袋里有糖的那个小孩儿	279 **后记**

Chapter 1
爱情的序章是个什么麻烦

1.

爱情就是遇到，遇到，再遇到，然后，谁一不小心就落入谁的圈套。

"短腿柯基小公举"在新文的第一页打下这行字后，想起了那个鲜亮的午后。

秋风轻抚着一地的斑驳日光，摇曳的桂影飘开馥郁的芳香。洁白的大理石丘比特塑像站在时起时歇的喷泉中央，举着爱情的小弓，对准每一个浮华世界里的清梦。

掩映在枫红美景的"淡"茶会所，是 H 市最有身价的名流明星聚集地。这里地段幽僻,白天客少人稀,今日也仅停着一辆阿斯顿马丁,一如既往的清静。

"汪汪!汪呜,汪呜……"

嗯,十分清静。

"模特,你给老子松口!矜持点儿啊,你可当着明星的面呢!"

五楼包厢,一只胖嘟嘟的短腿小柯基衔着一块比自个儿脸还大的羊排,后面着急忙慌的一女孩儿追得满屋子飘飘飞。南华盘腿坐在靠窗的沙发椅上,怎能放过任何取笑青梅的机会,边架着手机录像,边风凉地呐喊助威。

"阿水,你能不能行啊,加把劲。哎哎,模特上桌了上桌了,哎哟!花瓶碎了,半个月全勤没了吧。"

"南小花,你的良心呢?这钱算你账上不好吗?"江水扶着腰气喘吁吁,荷叶边的小裙子一甩一甩,坐到对面的沙发上,拿湿巾擦干净手。清秀的脸蛋上眉眼弯弯,捂着胸口继续吼,"唉!我是个治不起坐骨神经痛的码字工,浑身上下写满贫穷,你是大明星,合着把我约出来扮演黄世仁和白毛女啊。"

谁曾想到,她的发小弟弟南华,这个如花似玉的十八岁少年,终于一朝咸鱼翻了身,飞上枝头当明星。

"这个地方靠不靠谱啊,不会有人发现吧?"江水还是很为他担心的，毕竟他经历很长一段时间低潮期，前些日子才靠某款养成系选秀节目成团出道，爆火翻红，再不能传些不好的新闻。

南华长手长脚地陷在沙发里，懒懒地抿一口白瓷茶杯里的大红袍，像极了旧社会抽大烟的少爷。他风轻云淡地摆手："没事，这次出来我都没通知 Elsa 姐。你在电话里说什么事要拜托我？"

"你都没跟经纪人汇报喔，那我们速战速决。"江水忽然觉得头疼，这孩子还跟小时候一样令人操心。她低头往背包里翻出两份精心设计过的简历，递一份给他。

"没什么要紧事，帮我带简历给皇星，下次请你吃麻辣小龙虾。"

南华拿着简历如老干部般反复端详，从照片到字体到内容品头论足一番，嘴碎得令江水牙痒痒。

最后，他正襟危坐装作面试官，凑近说："江水女士，请问你盘不靓条不顺，有什么勇气到我公司？"

"我应聘编剧要什么勇气……"江水深提一口气，憋住火，双手贴脸颊，往上一推，挤出一个笑脸，也凑近，陪他玩，"到你的公司，就可以天天见到你嘛。"水汪汪的眼睛眨巴眨巴着。

南华夹了块糖醋排骨堵住她的嘴："想见'我妈'还不简单，一会儿给你请个法师。"捂了捂胳膊上起的鸡皮疙瘩，"再说好人家女孩儿撒娇要钱，你撒娇要命。"

江水把筷子当啷一甩，一叉腰，板起脸问："好笑吗？"

"好的，女侠，小的带就是了。不过我只能帮你带到，至于皇星要不要……"

"要你何用，嗯？"江水双手抱臂，恨铁不成钢，"你就跟你们老板撒个娇卖个萌，反正你的'妈妈饭'很吃你这套。这副好皮囊怎能轻易浪费。"

南华捶桌痛心疾首："瞧瞧，这就是伟大的友谊，你进公司，我要牺牲色相。大姐，你行行好，再来一个什么花边新闻我还没红就黑了！再说，我老板是男的！"

"也是喔。"江水点点头，然后冷漠地摊手，"不过，这跟我有什么关系，只要让我进公司就行，你被老板怎么样了都没事。"

别看南华现在走花路，人气飘红前程似锦，可在以前的小公司时闹出过不少糟心事。通告八百年没一个，公司老板为了钱还让他们几个练习生陪客。年幼无知的南华以为逗女客户开心就能得到通告，结果稀里糊涂被拉到酒店，女老板抱住了他，给他四十万。

"我一把就推开了！"那时南华痛哭流涕打电话给江水，呜咽着说，"真的，我一把就推开了，我说我不止这个价！"

江水当然知道他在开玩笑不让她太担心，其实那之后他就被公司扫地出门，到处打零工。

在那段难熬的时间里，南华过得很消沉，陷入了自己除了美貌一无是处的深刻怀疑之中。

如果不是对梦想还不死心，他可能早就回家种地，因此现在对自己的羽毛格外珍惜。

"你还是不是人！别想些乌七八糟的，大哥我是宇宙直男，宁折不弯，宁折不弯！"

南华大声表性向，将盘子敲得砰砰响。

江水一本正经："其实我很理解你的，不过，你要是出去约会的话，一定要做好保密措施，千万别被你那群上天入地无所不能的'私生饭'逮住，不然……"

"我做事一向缜密，这次跟你约也一样，谁都没告诉！你就放宽心，我还是打车来的，行踪绝对隐秘，粉丝绝对发现不了！"

话音刚落——

"南华！妈妈爱你！"

"华妈永远支持你！"

……

窗外忽然传来阵阵激吼。

包厢内的两个人脸一黑。

"什么情况？"江水愣住了。

南华怯怯地撩开窗帘，又迅速合拢，严肃地对她说："啊，没什么，你可能要趁机红了。"

　　这关节点，给人看到南华跟一陌生女子同处一室……江水想了想翌日的微博头条……

　　"我不想这样红啊！"

　　"我还不想这样黑呢！"他还没告诉经纪人，这时再搞个大新闻，不就直挺挺往火坑里跳嘛。

　　"阿水，你得负全责！"南华难过地嘟起嘴。

　　江水很想一个盘子呼他脸上："都什么时候了还卖萌，赶紧打电话啊！"

　　"淡"会所平常为名人明星服务，有准备配套应急措施。

　　很快，会所派出六个保镖护送南华下楼。

　　南华戴上墨镜，像是要出去干架的黑社会。走到电梯口的时候，他回过头叮嘱："阿水，一会儿记住，一定要朝相反的方向走。"

　　"知道，绝不给你惹麻烦。"江水比个"OK"。

　　然而，江水给自己惹了个麻烦。

2.

　　此刻，大堂，南华的"妈妈饭"让江水再次见证母爱的伟大，她们横冲直撞，突破封锁，杀出重围，撕心裂肺。

　　南华在包围圈中挣扎着朝反方向挪，还没忘了比"心"说"爱你们"。江水也很争气，被撞得七荤八素。

眼看自由就在眼前，突然，一个胖妹抖着两百斤肉一边扯嗓子叫着"南华，妈妈来啦"，一边一个轻巧横冲，把唯一逆流的江水连人带狗挤得人仰马翻，模特"汪呜"一声，那块巨无霸羊排在空中划过一道富有冲击力的抛物线——

"咚——"

停在路边的黑色阿斯顿马丁油花四溅。

江水拍拍屁股赶紧起来，惊恐地瞪一眼模特，模特将狗头一扭，委屈巴巴。

她心想豪车应该不容易坏的吧，跑过去一看。

"不会吧……"江水的脸瞬间吓得发白。

那块羊排直挺挺插在车子的雨刷器和挡风玻璃之间，立成老家门前的泰山石敢当。她蹬着车前轮胎，模特助力咬着她裙摆，愣是没把羊排拔出来。

凉凉，要不跑吧？

"模特啊，真的被你害死了。"江水急得搔模特狗头，吓得它把肚皮翻过来四脚朝天。

"你啊，别装死，敢做不敢当。"

她四处望望，发现这辆车停在爬满植物的围栏边，离摄像头的位置略远，这个角度肯定拍不到！

江水想想可怜的支付宝账户，这一赔肯定望不到天。她咬咬牙，背后突然罩下一片阴影。

江水肩膀一耷拉，余光瞄到脚边的模特都瑟缩了，想必来者是个彪形大汉，戴着粗金链子，叼着雪茄，杀人不眨眼的模样。她深吸一口气，控制好表情——面对疾风吧，少女。

江水缓缓转过身，一抬眸，心里一"咯噔"，挤出的笑容顿时失控。

长得真好看啊，活脱脱她书里走出的男主角。刀刻斧凿般的脸庞，一双眸子深邃如潭，眉峰轻蹙，气质清冷凌人，衣着考究。她以为是哪个大公司出来的明星。

来者视线下移，落在车前窗的羊排上，眉毛一抬。

江水紧张到无法呼吸，手忙脚乱地阐述事情的经过以及自己的歉意，匆匆从包里掏出一张纸，赔着笑结结巴巴地说："您……您好，我我……我一定会赔的，简历……简历上有我的联系方式，大哥，我不会不负责的。对不起！"

她忐忑地望着那人，脑中涌现出许多负面新闻，他会不会骂她啊，会不会讹很多钱啊……

然而，那人只是接过简历，扫一眼，轻蔑地动了动嘴角，拉开车门坐了进去，"叭叭"按响喇叭。

江水连忙把挡道的模特抱开，起身时，却见车里的帅哥把自己刚给的简历揉成团，随意抛到后座。

江水忽然有些不爽。

车子的引擎嗡嗡发动，然后一骑绝尘。

"这么横！"她又不是故意的，这人属螃蟹的吧，这么横给谁看。

江水站在汽车尾气里"呸呸"拍打衣裙，脑门冒火，冲那车影破口大叫："什么素质！有钱了不起啊！"然后抱起模特去赶公交车。

沈柯轩那天心很塞，回国第一天喜提新车，前脚刚开出4S店，后脚就得回去保修，一路还得顶着一块被狗啃过的羊排。

果然国内国外的女人都一样，看到豪车和帅哥都会主动投怀送抱，何况是他这么有型的一款。话说回来，那个女孩儿笑起来确实挺可爱的。

唉，他的新车啊。

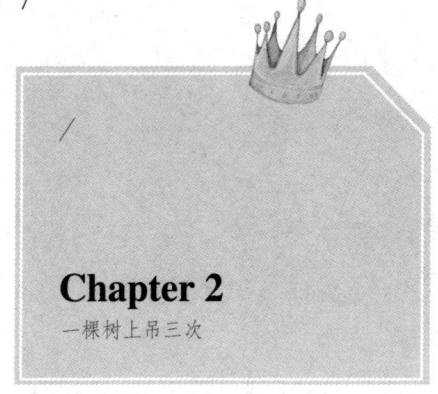

Chapter 2
一棵树上吊三次

1.

"……知道了妈,我一定会借到钱的。"

江水放下手机,忧心忡忡地看着笔记本屏幕 word 页面的小说大纲。

今日与往常一样,她待在家附近的一间休闲吧。她的住所在城郊的开发区,虽然房租便宜,但三天两头噪音隆隆,远没有这里清静。

休闲吧内部设施雅致,提供甜点饮品,且视野不错,能看到附近的公园。远处有山有塔,近处的交叉路口有一座复古的钟楼,报时的钟声悠远绵长。

休闲吧里气氛自由温馨,坐在靠窗的位置,可以观察里里外外的行人。

她毕业一年了,码字为生,怕活不下去,每日只能不间断地写,所以没有节假日,也不敢偷懒。

家里境况不好,前几年爸妈做生意被人算计,惹上官司,落得债台高筑,拆东墙补西墙,至今未还清,她平日里挣的钱也大多贴补家用了。

可是外婆病重不能再拖,且眼看又要到还款日了,家里实在拿不出钱,妈妈在电话里强忍着啜泣,不知如何是好。

她抱怨妈妈不该瞒着她,然后把余额宝里的十二万元全部转了过去。

"我还不知道你啊,自己多少留着点儿零用。"妈妈虽然抱歉,却只能收下救急款。

"妈,外婆的病不能拖。不用管我,我自己有数,我现在每个月有收入,不用担心。"

刚才电话里江水说了大话,她其实已经山穷水尽,怕是这个月的水电费都要交不起,可是还差十五万的欠款空缺。她把头埋进手臂,只觉肩上有千钧重。她不想家里再闯进几个陌生人骂父母老赖,还随意搬抢家具,而父母在自己家里也只能缩在角落束手无策。

她也不想再去求助南华，他已经帮了她太多，加上前几天才要他帮忙投递简历，她实在不好意思太麻烦他。

正愁得无计可施时，桌面上的手机振动了。

"就这样被你征服……"

手机里传出的歌声瞬间把她吓了一跳，妈呀，南华这家伙什么时候又把她的铃声换掉，大学里那件丢脸的事就不能翻篇吗？

一看是陌生号码，江水愣了愣，或许是皇星来消息了？

皇星啊，你果然没忘了大明湖畔的宝。

带着几分忐忑和期待，江水嘴里默念"拜托拜托"，按下接听键。

"江水你好，我是盛世娱乐公司导演安诗韵。"电话里传来一个利落冷清的御姐音。

哎？不是皇星吗，是……盛世？

就是那个行业龙头标杆，国内最大的娱乐帝国——盛世娱乐。虽说之前自己有部小说卖给该公司，她也在网上投递过简历，但盛世挑人一向眼毒。

难道，苍天开眼，她已经成为天选之人？

"是这样的，你的小说《女相》改编影视剧项目已经获批，即将开机，我们觉得还是尊重原著意思，因此邀请你参与我们剧组的剧本工作，帮助演员理解角色。"

"哇……真的吗！"江水手机贴耳，差点叫出声，紧跟着问了一句，"有……有稿费吗，不是，我是说，有工资吗？"

当然，能参与盛世剧组制作，对于以后迈入盛世娱乐公司将是一个极好的机会，以前就有前辈作品被签加入盛世剧组而被盛世娱乐公司看中，直接免试任职的——天知道，盛世娱乐公司的面试有多难。

只是她现在……很缺钱，如果浪费大半年的时间只为买一个晋升阶，远水解不了近渴，机会再好也还要另作打算。

对方沉默了几秒，然后笑了一声："有啊，同工同酬，不能白占老师时间。你还有什么问题，一并问我吧。"

江水心里一块石头落了地，憨笑两声："那请问安导，我……我有没有机会加入盛世啊？"

"欢迎光临。"

休闲吧里又来了一位客人，在江水斜桌落座，随手在里侧的书报架上取了张报纸。

"有啊，如果这部戏到时播出的效果很好，我们公司是很乐意签你为御用编剧，特批免试，那时肯定要考虑第二季第三季的。"

"真的啊！那太谢谢你了！"

江水放下手机,近日环绕在身边的阴霾一扫而空。

什么叫柳暗花明又一村,什么叫天无绝人之路,不管是皇星还是盛世,只要能进一个,都是最好的选择。梦想与还债两不误。

她乐得又点了一份可可千层。

"你好,你的草莓果粒奶茶。"服务员甜笑着将饮品放在邻座的桌上。那人从报纸里露出点儿脸,轻声说句"谢谢",又继续埋头翻阅,整张脸全部挡住,只露出一双好看的手,白皙,修长,指关节分明。

江水啃了一口蛋糕,在心里奸笑,一个大男人居然喝这么少女的饮料。不过根据她多年写文的经验,这男人手好看,长相一定不赖。

人逢喜事精神爽——江水吞下最后一口蛋糕后打了个电话给南华。

"喂……你干吗啊,大清早的。"南华声音慵懒,估计没睡醒。

"什么大清早,都十点了好不好!我跟你说,我刚刚接到盛世……"江水克制住情绪,压低声音说,"我啊,刚刚接到盛世……对,就是那个盛世……有个安导……对,不对,肯定不是骗子……哎呀,随便啦,反正她邀请我进《女相》剧组,怎么办,好纠结,我要去盛世了!"

对方顿了顿,声音清明很多:"哟哟哟,恭喜啊,述纠结什么,你不都乐坏了。"

"谁乐坏了啊!"江水这人就这样,心里开心反而不承认,一副"天生我材必有用"的文人姿态,小辫子翘上天,很刻意地哼了声,"盛世什么破地方,我可瞧不上……"

"沙沙沙……"

邻座男人翻报纸的声音似乎响了一些。

江水没在意,兴奋使她忘乎所以:"你不知道盛世雪藏那事啊,有皇星给我兜底去那儿打工干吗!"

"你啊,死鸭子嘴硬。得了,我公司这边也帮着,双管齐下。"

江水口里嗯嗯着点头,满面春光地说:"当然啊,姐姐我到哪儿混不出头,管他皇星还是盛世,给我还不是随便混,到时候混成最牛的大编剧,进账哗啦啦,带你吃香喝辣。"

"哐当——"

"哎哟妈啊……"江水吓出声。

是邻座的男人放杯子的声音大了些。她投去一瞥,正巧男人从报纸中露出一双眼,相撞瞬间又各自收回视线,如萍水相逢过眼云烟。

"……没事,反正你等着啊……那敢情好,看我不吃穷你。"

江水美滋滋地把手机放下,已经做起了春秋大梦。

码字工收益全看一双手,单月勤快基本能活,哪天偷懒就喝西北风，还没有五险一金，这种压力可想而知。倘若能进公司当编剧，首先就有一份可观的底薪，至少不用没日没夜守着电脑。

况且，如果能进大公司，岂不是离男神更近一步……一想到这层，她心情舒畅，宽宽松松地伸了个懒腰。

可一根懒筋没抻直，却打在经过的服务员身上，人家一个趔趄，手里端着的饮料"哐当"翻倒。

"先生小心……"

邻座那个男人一顿，那一看就是名品的外衣顿时被洒了一张世界地图。男人一只胳膊僵在半空，眉头皱起。

"对不起，对不起！"江水连忙道歉，抽了好几张纸巾要帮他擦。

男人摆手，一副"生人勿近"的样子，冷冷说了句："不用了。"然后看也不看她，径自走出店门。

江水见到那人侧脸，隐约有些眼熟，想不起来，于是继续噼里啪啦构思自己的小说。

她还没深刻意识到，饭可以乱吃，但话不能乱说。

"喂……再说。一律面试，没有特批。"

男人一边打电话一边脱下外套坐进车里，心情烦躁。

盛世什么破地方。

给她随便混，还吃香喝辣。

当他公司是什么地方，菜市场吗，想来就来，想混就混。

事情就是这样巧让他知道，他可不是小肚鸡肠之人——对，他就是小肚鸡肠，他是老板。怪就怪她运气不好，讲大话让他听到，听到了就不舒服，不舒服他就不要自己硌硬。

沈柯轩皱皱眉，瞥了眼窗口杵着下巴想事情的女孩儿，突然想起来了她是谁。

那个让羊排卡在他车上的罪魁祸首！

2.

几天后，江水来到某影视城。

初来乍到，人生地不熟，她刚放下行李就跑去敲安诗韵的房门。

毕竟剧组人员已经入驻一段时间了，而她半路上车，很容易显得格格不入而无所适从。

酒店走廊铺着一层薄绒毯，走路没声，静谧得就像是一张网，而她要先发出声响。

这并不是什么难事。

"咚咚咚！"

江水轻轻敲门。

门很快打开,安诗韵一手举着口红站在门口,齐耳短发,面容精致,一袭白色连衣裤,十分利落的样子。她笑起来有点婴儿肥,显得没那么盛气凌人。

"哎,江老师啊,快请进。"安诗韵侧身让出一条道。

房间宽敞明亮,衣物随意丢在床上,梳妆台上化妆品一溜儿摆开,安诗韵捂脸说不好意思,匆匆把衣物推到两边腾出位置。

江水心里有谱了,安导小女生面相,待人以礼,举手投足似雷厉风行,宜坦率对话,直言不讳。

当然,江水不是神棍,只不过笔下少说也写了百来个角色,认真揣摩的也有十几个,什么人什么样都记在小本本上,所以多少有点看人说话的本事。

这点曾被南华惊为天人,下判词说妖中有妖精,江水是人精,只要她上心,没有她熟不起的人,暖不起的场。

拉倒吧,生活所迫,有点小市民的狡黠不很正常嘛。

"不用了,不用了,我就是来打个招呼。"江水看了眼她手中的口红,"安导急着出门的话,我明天再来找你吧。"

安诗韵眉宇间那股淡淡的纠结顿时消散,很感激地看着江水说:"对对对,我马上要去开会,特别急,但江老师一路辛苦,我又不好意思不让你进来。"

江水忙摆手说:"没关系的,我来的不巧,反正离开机还有几天，有空再找你说事。"

"没问题。"安诗韵拼命点头，风风火火走到镜子前对着嘴唇上面一撇下面一撇，回头咧嘴笑了笑，"怎么样？"

江水点头："很干练。"

"谢谢！"安诗韵很满意，把桌上的包包唰地拉上拉链，走出房间带上门，"江老师，后天早上九点来我房间一起搓麻将，先走啦。"

"好的。"江水答应得好好的，一回房就上网百度"简易入门麻将公式"。

要想融入圈子，找准共同点是关键。

衣服，包包，牌桌外交。

第二天，天气晴朗，微风徐徐。

难得不码字的日子，江水逛了一圈影城，转到东侧门拿了快递。

她知道里面是什么。

是她第一本卖出版权的书，最近网剧已经上映，收视率与评价还不错，豆瓣评分上"7分"。

她拆开包裹，抚了抚封面，不胜唏嘘。那时她还在上大三，在某家小影视公司当实习生，写完之后便投了稿，小说被相中，就作为助理编剧参与剧本改编了。

　　本来是好事，可那时她只是个实习生，人微言轻，偏巧带她的前辈爱抢头功，把她几周熬出来的剧本稍加修改就据为己有，落下头一份署名。

　　她气不过就找老板理论，结果三个月实习期没到，她就被扫地出门了。

　　所以说她也不是天生的人精，她也是有一段傻白甜的历史的。

　　不过，这个时候那位前辈寄给她这本她自己写的书，到底什么意思？

　　江水一时想不通就懒得再想，拿着书上了附近二楼的一家咖啡厅。她坐在露天阳台，趁着午后阳光刚好，翻翻书，权当回味往昔了。

　　然而书还没翻到三分之一，她差不多要气得吐血，那位前辈寄书给她绝非好心，就是想叫她好好看看她的书是怎么被"精心修缮"的。

　　江水的胸膛剧烈起伏，自己的小说被改得毫无逻辑、面目全非。她唰唰地翻到最后一页，看到了前辈的字迹：

　　感谢你的辛苦付出，感谢你的成全。

　　"不要脸！"

　　想起那人小人得志的嘴脸，江水气得浑身颤抖着。

无功者渔利，步步高升一身富贵。这世上有什么道理，一只蝼蚁若不攀附也没有出路。几乎遗忘在心底的愤怒情绪被挑了出来，她默自坐着，暗暗爆发，逐渐平静。

她早已不是青葱少年，用一腔热血追逐梦想。首先得活着，扎根，才能谈美梦与公正。

忽然，楼道里闹哄哄的，一帮人或带着妆或穿着戏服叽叽喳喳地涌出来。

"咦，这么早就有人啊？"

"不管啦，就一个人，快去抢个好位置看沈总啊！"

啧啧啧，现在的小丫头，追明星真的是很恐怖，这个沈总又是哪个明星的尊称？

等等，她怎么记得，盛世的总裁也姓沈。

"哎呀，你这花痴。再说，沈总有那么帅吗？"

"当然！我们总裁长得超帅，个子又高，年轻有为，前段时间刚空降公司，你们敢信，他今年才二十六岁……"

"最重要的是——单身未婚！"

"你省省吧，从没听说他之前交过女朋友，搞不好他不喜欢女人。"

"瞎说，他就是冷一点，谁都不理，好像……安导跟他贴得近耶。"

已经过了犯花痴的年纪的江水来不及冲出重围,在里面挤得要断气,保持不了微笑。

颜值、金钱、权力,钻石王老五向来是人人眼热的金饽饽,多少人趋之若鹜,这市场是经久不衰的……她算是明白了,那么,下部书的主角就是他了……

"来了!来了!"

不知谁眼尖一声吼,江水被震得一抖,紧接着无数玉臂纷纷举起手机,"咔嚓咔嚓"一顿狂拍。

混乱间,忙于自保的江水左推右挡,手一滑——

"啊!"

手中的那本书"嗖"一下飞了出去。

"啪!"

一片寂静。

那本书砸到了一个年轻男人,那人是……

栏杆上一排脑袋排着队往外探。

江水胆战心惊,也怯生生地抓着栏杆探头。

"谁丢的?"一个中年男人从地上捡起那本书,抬头问道。

话音刚落,栏杆上一排人顿时割草似的往回缩。

江水左右看看,心里一片凄凉,就她一人孤零零如此醒目。

楼下人不少，安诗韵也在，冲她一个劲地使眼色。

江水便梗着脖子吼道："是我的书！对不起！"

那中年男人转过身把书交给身后的年轻男人，年轻男人皱着眉摸摸刚才被砸到的地方，接过书，摘下墨镜，抬头。

他面容冷峻，风清月朗地站在那里，举手投足间有一种凌厉不可接近的气场。他淡淡扫来一眼，冰冷锋利的眼神令她瑟缩。

江水哑然，心没来由地颤了颤。

这个人她见过，就是那个嚣张的车主！等等，这个人好像也是……

记忆的闸门大开，脑子"嗡"的一声，她差点就要做出捂嘴这样大幅度的动作。

这个人好像也是那天被她泼了一身饮料的人……

他他……他居然就是盛世娱乐的总裁，商业巨头沈氏集团的二公子，沈柯轩？

江水迅速往下一蹲。

完了完了完了。这应该是第三次了，老天啊，为什么要她在一棵树上吊三次。

沈柯轩扫了眼那书的封面，视线落在作者名上——啃窝头的长鼻王。

过了好一会儿，江水才敢偷偷瞄一眼。

楼下的人已经散了,全都不见了踪影。

她长舒一口气。

路上。

"哥,你确定……"一旁的安诗韵视线总离不开他手中的那本书,拉了拉他的衣袖,挑着细眉问,"你确定要……拿着……这本《亲亲我的总裁大人》?"

沈柯轩停下脚步,回头,一脸冷漠。

"我是不是,长得很好看?"

安诗韵"啊"了一声,看傻子一样看沈柯轩,抚额说:"哥,这点你还需要怀疑吗?"

半天没有回应,安诗韵转过头见到亲哥仍然用疑问的眼神看着她。

"好吧。"安诗韵叉腰,微笑,"好看,帅得恰到好处。"

沈柯轩点点头,很满意。

3.

吃过晚饭,江水一个人倚着栏杆站在阳台上。

刚刚家里人又来了电话,再过两天就到最后还债期限了。

她手里哪还有余钱,思来想去,或许,求助安导提前打款还有可能。主意一定,她准备明天找个适当机会提一提,虽然不熟,不过安诗韵这人看起来心软讲道理,应该比较好说话。

"轰——"

夜空中突然升起了烟花。

今天是什么日子吗?

江水打开手机看日历,农历七夕。

难怪。

她心一跳,又想到什么,于是点开QQ。

果然,"马尔科维奇"有一条未读消息。

"催更。"

仍旧是简简单单两个字。

江水早年以笔名"啃窝头的长鼻王"开更第一部小说《杏花春雨》,当时走的还是悬疑风。但这一类文需要付出的时间太多,再加上有些内容需要事实为证,她有一阵子苦不堪言。为了换换思路,她同时又开了个坑,写题材轻松狗血的《亲亲我的总裁大人》,却没想到这本书一下就火了,后来"总裁大人"签约,她干脆就专心更新这本,《杏花春雨》就一直被搁置,从月更到年更,如今三年过去,她掩耳盗铃假装忘记。

"马尔科维奇"是她最早的一个粉丝,虽然不怎么评论,但经常点赞,买V。直到有一天,他跑过来加她好友,那个时候的她粉丝少，又清闲，干脆就通过了好友请求。作为粉丝，"马尔科维奇"还是很不错的，除了会在逢年过节发一句"催更"，其他什么也不会多说。

起初江水倍感压力，后来也就习惯了，有时候还会聊上几句。渐渐地，她也不那么拘束。只不过"小马同学"似乎不善于聊天，基本她发一串话，他就回一个"嗯""哦""好"。

江水发了一个微笑表情，信誓旦旦地保证："我一定会抽时间更的！"

然后，她找出衣服洗了个澡，趴在大床上，对方正好发来消息："不信。"

她"噗"一声笑出来，说："上次你也这么说的，现在还不是乖乖来催稿，对了，跟你说喔，我今天见到公司老总了。虽然长得还不错，但是这人特别爱装。"

十分钟后。

马尔科维奇："什么公司？"

木偶没有长鼻子："盛世。就是那个什么沈柯轩，好像是空降的太子爷，我估计啊，他……哎，说多了说多了。"

五分钟后。

马尔科维奇："爱装什么？"

木偶没有长鼻子:"-_-‖没什么。"

两分钟后。

马尔科维奇:"你刚刚,估计什么?"

木偶没有长鼻子:"你真百度了?"

马尔科维奇:"你刚刚,估计什么?"

木偶没有长鼻子:"-_-‖没什么,我跟你熟才说喔。"

木偶没有长鼻子:"其实我们老总长得很漂亮啦,气质也很出众,尤其是那个小身段啊,宽肩窄腰的,走起路来特别有风度,我觉得……"

木偶没有长鼻子:"我估计老总是弯的。"

江水贱兮兮地等对方进一步询问,然而半小时过去了,马尔科维奇再也没有回复。

她看时间也不早了,没在意,侧身一翻,卷起被子睡觉。

4.

"东风。"

"八筒。"

"碰。"

"自摸,和了!"

早上九点半,安诗韵的房间里热热闹闹的,江水凭着一条麻将公式混得如鱼得水。

当然,她还处于入门阶段,技术自然比不上老油条,她战战兢兢,察言观色,全凭一张嘴。

编审老师在几人当中年纪最大,举止端庄持重,有好为人师之态。江水在她连和两把清一色后夸奖:"老师你打得真好,我才刚学麻将,教教我呗。"

一个十八线的演员好大喜功,江水就拣些她演戏的片段夸。摄像大哥是个爱说话的,江水就大胆问一些摄像技巧等等。一群人在一起贵在热闹。有江水在的地方不存在冷场,这点南华可以做证,他毕业那天就红着眼睛被她扯着聊了通宵。

眼看快中午了,大家歇了牌局。

清算下来,安诗韵赢得最多,于是大家起哄让她出钱买饭。

江水帮着整理麻将桌,就听安导招呼:"谁跟我一起下楼拿饭?"

江水举手:"我来吧,正好有私事要找安导。"

两人走进电梯。

安诗韵红唇明艳,顾盼生辉,笑道:"江老师很会夸人啊。"

江水晃了晃神,一番思量之后,大大咧咧地说:"嗯,还好,我说的都是实话啊。主要是我想在剧组过得舒服,交朋友比树敌强。"

安诗韵笑着叹口气,语气放松很多:"你很直接,我还蛮喜欢你的个性,像你这样直率的人不多了。"

计划通。江水心里一块石头落下,不过表面上还是以退为进,开玩笑似的说:"安导还是多留个心眼吧,你怎么知道我不是装出来的呢。"

"噗——哪有人说自己坏的,'江水大大'不要自谦了。"安诗韵俏皮地比出两根手指比画着自己的双眼,"我相信自己的眼光。"

攻略成功。江水心里雀跃,然后双手捧住脸颊,装害羞:"哎,你有看我的小说喔。天哪,好害羞。"

这一看就是装的害羞,两人都心知肚明。安诗韵放下架子,小巧的鼻子皱了皱:"对,实体活粉一枚,羞死你。"

江水低头看手机。说实话,知道对方有在看自己的小说,无论是谁都会有种本尊曝光的羞耻感吧。不过,她的心绪很快被安导的话牵了去。

"哇,Q版的南华啊,好萌,你也喜欢他啊?"

安诗韵看见江水的手机壳后,把自己的手机从包里掏出来,也是南华的帅照。

江水明白了,心里暗爽,南华啊南华,朋友嘛,该出卖的时候就得出卖。

"说出来你可能不信,我跟南华是发小,安导如果喜欢他的话,嘿嘿嘿……"她当然没说这手机壳是他硬塞给她的,不然她也不会用。

安诗韵"哇"了一声,两个小拳头举在两颊边,居然激动得嘤嘤叫:"你们……你们认识啊!天哪,江水你……你是宝藏女孩儿!"她个子稍高,掰过江水的肩膀摇晃,难掩惊喜之情,"我要跟你交朋友!"

"当然好啊。"

两个女孩子的友谊结交得如此草率。

江水刚被安诗韵晃得有点头晕,刚走到拐弯处,一不留神,一脚踩到某人的皮鞋,还没来得及叫出声,整个人就撞到一个宽厚的胸膛上。

"沈……沈总。"

眼角余光瞥见安诗韵小碎步退到一边,江水愣了愣,瞬间弹出来。

面前的男人高大冷峻,脸色凝肃。

她小小地打了个冷战。

沈总是美人这点没有夸大,近看五官尤其精致立体,像一幅细笔勾勒的工笔画。他面庞白皙光滑,只是,左边额头似乎有个发红的小包。

好像是昨天砸到的位置。

"对不起,沈总,我……"

江水拘束地站着,支支吾吾,没有说出一句完整的话。

沈柯轩没有过多理会,转向站在一边的安诗韵:"你过来一下。"

她识相地噤声,主动离开,到一楼前院天井拿饭。

说起来,昨日听来的闲话好像是真的,沈总确实跟安导走得近,莫非他们是……

"哥,什么事啊?"

"叫沈总。"沈柯轩瞥了一眼电梯方向,那个女孩儿双手提满袋子腾不出空,索性弯下腰用额头撞亮电梯按钮。

见此,他嘴角抽了抽,说道:"你小心她。"

"哦,你说江水啊,为什么?难道你……认识她?"

沈柯轩摇摇头,说:"不认识。但,她在我面前出现过几次。"他顿了顿,摸了摸下巴,然后斩钉截铁地说,"她想勾引我。"

要不然,刚刚那么大一条通道,她就直挺挺往他身上撞。

安诗韵时常觉得自家哥哥智商掉线,无语地瘪了瘪嘴:"沈总,我吃饭去了。你要是闲呢,就把那帮老头子料理了。"

"这需要循序渐进。"沈柯轩马上忘掉不愉快，讲正事。

沈柯轩久在国外留学，匆匆回国，老爷子年迈，大哥又不管事，他临危受命，接任总裁这一职位。他知道公司表面的风光全是靠从前的丰厚底子维持着，实则内里千疮百孔。公司的市场份额占比逐年减少，被新兴中小企业蔓延侵压。

他不想老一辈创下的基业被时代洪流击得粉碎，然而不少股东倚老卖老，固封守旧，势必是一堵难以逾越的墙。他心中有计划，只是缺少新生力量。

江水在过道等到安诗韵后，分了点儿东西和她一起回房。

实在是被刚才沈柯轩的态度弄得心里不舒服，看她好像看一只蚂蚁似的，还是说所有总裁都如此高傲，不把人放在眼里？

"安导，昨天我真的很抱歉砸到沈总，他……好像对我不友好的样子，我没有得罪他吧？"

"没事，别管他。"安诗韵说得不客气。

江水没再作声，想到那些传言，挑了挑眉。

没人回应，安诗韵回头看了看江水，却看到她一脸八卦的样子。安诗韵有苦说不出，岔开话题："别这样看我。你不是有私事？"

"对的，我……"江水捏捏衣袖、摸摸头发，有些紧张，张口借钱这种事向来难以启齿。

她有点羞赧地说："我可不可以……申请提前结账，因为……

家里有事，我很需要钱。"

她小心翼翼地看着安诗韵。

安诗韵很爽快："没问题啊，合同已经落实，可以通融。不过呢，你既然是南华的朋友，能不能答应我一个条件？"

江水感激地点点头。

"安导是不是想要他的联系方式？"江水拿出手机打开微信。

安诗韵忙点头："对对对，你很善解人意啊，小江水。"

江水把微信名片转发过去，抬头笑道："其实……安导，我比你大两个月，叫姐姐。"

安诗韵偏不："小江水。"

"喳……"

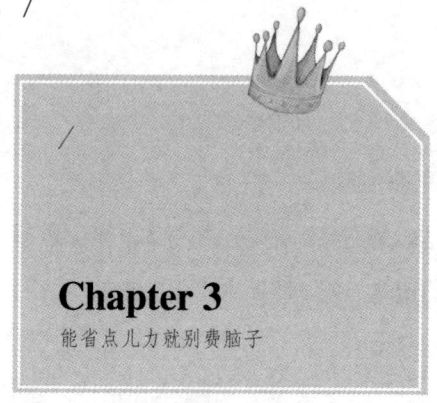

Chapter 3
能省点儿力就别费脑子

1.

众所周知,当跟组编剧的一个好处就是能近距离接触到屏幕里的男神女神。

听说今天柳林会来,一旁几个小演员在细细碎碎地聊天。

"你们看了没啊,柳林前几天的那个直播,她笑得超不自然……"

"是做了微笑唇吗?"

"是啊!岂止笑得不自然,整张脸都肿得跟充气娃娃一样。"

"她这次整得有点失败啊,以前多清纯……"

"……"

可是，从早上等到快中午，都没看到柳林的影子。

整个剧组的人等得都有点烦躁，大家聊天的内容从柳林的颜值上升到人品。

"哎呀，她怎么还没来。"

"来不来了啊，还拍不拍戏了……"

"真是没素质啊。"

安导在机子后等得也很累，朝几个跟组编剧走来："咱们不能耽误进度了。"

几个人正要商量修改剧本，这时，门外响起声音。

"不好意思，不好意思，来晚了！真的不好意思！"

在艺人助理忙不迭的道歉声中，柳林姗姗来迟。

柳林袅袅娜娜地走进影棚，打着哈欠，睡眼惺忪，一声不吭。她美还是很美的，巴掌小脸上一双水汪汪的眼眸，楚楚动人，这也是她家粉丝坚决维护的原因之一。

相比同期出道的明星，柳林属于业务能力挺差，但粉丝战斗力特别强，是自带热搜体质的重量级流量小花。

安导再有艺术追求，也不得不向市场让步。

所以剧组重金请柳林来客串女相的姐姐——墨子珏，戏份不多，形象趋于完美。

不得不说，柳林确实亮眼，面上笑容也不错，就是有些不自然。

"不好意思啊，昨晚林林熬夜看剧本，今天迟到了。林林买了些饮料请大家喝啊。"

那个叫ViVi的助理女孩儿提着一大袋子饮品忙前忙后分发，让大家心里稍稍舒服了点。

各部门各就各位，灯光，摄像，收音……

好，预备——

"搞什么，林婳去哪儿了！刚才还在的！"安诗韵简直要爆炸。

林婳，这部戏的女主角，江水笔下那位性格耿直、运筹帷幄、一笔定天下的女相墨穗，有勇有谋，善良亲民。

而林婳本人是个刺头，在剧组是一个不能惹的存在，据说背景不一般。江水听了她的事迹就觉得发抖，把耍大牌男星的饭菜一脚踹翻啦，当面指责整容女星做什么表情都一个样啦。

毫不给人面子，讲话带刺。

"我就说柳大小姐不可能准时到，让大家从早上等到大中午。通讯快写篇稿子吧，别错过炒话题的机会。"侧门，一个高束马尾、身材纤细挺拔的女人，穿着一身绛红劲装，提着长剑跨步而来。

是林婳。

柳林轻轻一笑，施施然走到安诗韵面前，轻声嗲气地说："安导，快开始拍吧，大家都等急了，林婳姐，你也不要生气嘛，不要因为我耽误进度啦。"

绵里藏针的一句话,事情就这样化解了。

江水偷瞄了眼林婳,她皱着眉,甩头离开,走到自己的机位前。

这姑娘的脾气看起来也没传说中的那么坏啊。

"啪"的一声,打板一响,灯光一亮,柳林入场。江水跟着紧张,可别把她小说里的人物演砸了。

好在开头还算顺利。

演员身段优美,表情乖顺,没出岔子;演员福身,抬头,很好;演员请安,开始说台词——

"久闻秦老先生学富五车,学生子玉……"

江水差点从椅子上滑下来。喂,写文很辛苦的啊!

"卡!"安诗韵怒而拍板,"什么子'yù',那是子珏'jué'!"

迟到不说,让大家一顿好等,还说昨晚看剧本到深夜,看的哪门子剧本,连字都念错。而且,她就一句台词,就一句台词啊!

"不好意思嘛,对不起大家啦。"柳林马上服软。

念错字就像一个征兆一样,预示她这场戏绝不安分。江水默默看着安诗韵疯狂 NG,猜她现在肠子都悔青了。你说演员老控制不住笑场怎么办。

"卡!再来!"

柳林又笑场了。

江水都有些心疼跟她对戏的演员了，每当看到周老先生一秒入戏，演得恰到好处，而柳林总是时不时发出"扑哧"或是"哈哈哈"这种破坏氛围的笑声。

"对不起，我实在没忍住，以前经常看周老师的相声，就一直笑场，对不起对不起……"

"都NG八次了，这次好好演！"安诗韵眼珠子都要瞪出来了。

"好的好的，安姐。"

周老先生摆手说"没关系"，又一次进入情绪。

"功盖三分国，名成八阵图……"

江水本就觉得这位柳林小姐做了笑唇表情不自然，这个时候又一脸绷不住的样子，果然……

"老师对不起，我还是忍不住……"

"咣当"一声。

江水循声望去，安诗韵终于忍不住发怒，把板子重重一摔："啧，那怎么办，你说，那还怎么拍！"

安诗韵双眼简直要冒出火光。

在场的所有人都屏住呼吸。

柳林一副受惊的样子，僵坐在原地，眼眶逐渐变红，下一秒眼看就要哭出来。

ViVi看看手表，推开人群，小声对安诗韵说："安……安导，是这样的，不如这场戏改日再拍，林林半小时后还要赶个通告……"

安诗韵不耐烦地抱起双臂，胸膛剧烈起伏，那边柳林跟助理ViVi也不再表态。

双方对峙着，气氛相当尴尬。

"剧本怎么说？"安诗韵面色十分难看，把杀人的欲望平息下来，既然有人演不好，那就不要演好了，直接删戏。

几个编剧面面相觑，一来现在删戏就需要重拍，会影响整个剧组的进度；二来这删戏改戏的工作量，实在让人头秃。

但是，柳林不停地笑场，指望她还不如指望SD娃娃。

编剧们没能想出个好主意，都不敢发言，只是冲导演点头，反正导演发话，戏是删定了。

"既然没意见，那就删吧。"安诗韵拍板。

"那个，安导……"

江水不禁出声。

十几道目光全射在她身上，她顿时紧张得结结巴巴："我……我……"

其他编剧都一副"搞什么，我们都没办法，你怎么可能有主意"的表情,安诗韵挑挑眉,略有期许地看着她。

"咳!"江水清清嗓子,不能让人看扁。

"我是这样想的,周老师不如用四川方言念词。老师籍贯在成都,杜甫最后也待在成都的草堂。方言本身自带笑点,柳林再笑场也不会显得太突兀了。"

在场所有人顿时对江水改变态度,对其赞许有加。确实,能在这么短时间内想到利用方言自带笑点的优势来化解这个笑场问题,临场反应够快的。

"江老师不愧是江老师啊,就这么着吧!"安诗韵投来赞许的目光。这样一来,既解决了柳林笑场的世纪难题,又维护了周老先生的面子,一举多得。

"各部门注意,各部门注意,第一场第九次Action……"

江水松了一口气,其实她就是不想删戏。

上午的戏总算顺利拍完,江水端着盒饭坐在台阶上扒拉。

有人在她旁边坐下,林婳一手拿着代餐一手拿着保温杯眼巴巴地盯着她碗里的鸡腿。

江水沉默不语,心里突突跳。

两人之间只听见咀嚼的声音。

气氛太尴尬了,江水忍不住夹起鸡腿,小心翼翼地问:"计你咬一口？"

林婳嫌弃地说"不"，拿纸巾擦了擦嘴后说："喂，看你这反应速度，不是T大就是P大吧？"

江水愣住，猜出她在说刚刚拍戏的事，点点头。

林婳漂亮的丹凤眼就弯下去了，托着腮调侃说："哟，还真是高才生，怎么沦落到这里写剧本了？嗯，好像……那天用书砸到沈柯轩的就是你吧，你故意的吗？"

江水不愣了。

这姑娘说话直接，毫无城府。看她眉飞入鬓，鼻梁挺秀，有几分英气又有几分妖媚，估计自视甚高，惯于受捧。跟这种人交流应该装憨藏拙，不能扭捏，最好别触她霉头，还是可以攻略为好友的。

于是，江水笑了笑："那是意外。我不喜欢沈总，我的男神是苏一桉。"

林婳点点头，露齿笑说："嗯，皇星一哥，有眼光。对了，他这几天也在影视城拍戏，你去看了吗？他演戏真的很棒……"

"我没去看！"江水差点失声尖叫，"他还在吗？现在还在吗？这几天都在吗？"

她喜欢苏一桉七年了，最大的愿望就是给他写剧本，让他来演她最喜欢的角色。

在她最难过，夜不成寐的时候，是苏一桉的歌声给了她足够的安慰，给了她坚持下去的勇气。

后来他去拍戏，那一个个深入人心的角色，他这个人从角色身上爆发出来的力量，又无数次给予她支撑，给她穿过别人的闲言碎语拥有做梦的能力，并为之奋斗不已。

"都在啊，他们那个《男伶》剧组前不久才入驻。"

"我三分钟之内就要见到他，我去也！"

"哎？那早去早回。"

夜晚，盛世娱乐高层召开季度报告会。

这是沈柯轩回国后主持的第一个正式会议。

灯火通明的会议厅里，众人拿着数据报表各怀心思，翘首以盼。

新老板能不能立威，有没有本事，倒在其次，关键是屁股下这把椅子能不能坐得稳当。老板换谁不一样，公司内部关系盘根错节，拔出萝卜带出泥，连前老板也要敬他们三分，这毛头小子也翻不了天。

况且，听说二公子沈柯轩一直在外读书，没有实战经验，估计就是个耍花腔的书呆子，不值一提。

另一边，沈柯轩坐在自己办公室里抽完一根烟，望着落地窗外的霓虹闪烁,沉默。

这时,助理敲了敲门:"沈总,已经过了十分钟,是不是可以去会议厅了?"

沈柯轩收回交叠在办公桌上的双腿,整整衣服起身,说了声:"嗯。"把手中的一沓公司资料数据报表丢在桌面上,神情冷峻地走出门。

沈柯轩走进会议厅,公司的元老高层和部门经理都到齐了。他面上也没有丝毫表情变动,冷着一张脸,居高临下扫视一圈。

或许忌惮于他周身散发的气场,会议厅里的议论声渐渐熄灭。

一位公司元老颇有微词,说了句:"沈总贵人事忙,怎么如此重要的会议还迟到啊。"

沈柯轩似乎就在等一个起头,冷笑一声:"张叔也知道这次会议重要?看看这些交上来的季度报告,今年三个季度的走势一直下滑,股价、市场占比、日交易额,哪个能摆上台面?"

会议厅一片寂静。

元老无话可说,缩回位置哼了一声,不再吭气。其余人见状,也纷纷严肃起来,正襟危坐。

沈柯轩努力笑了笑,态度和缓了一些:"各位不必拘谨,我这人有一说一。公司业绩如果继续这么滑下去,可是不行的,既然公司交到了我的手上,就要有新气象,因此,我今日只有一个主题——"随后目光淡淡地扫过每个人,回落在背后的大屏幕上,"革新。"

盛世的日子不好过了。

众人心中冒出了一个这样的想法。

2.

近日,微博上"盈儿翩跹《亲亲我的总裁大人》"的话题悄无声息地上了热搜。

盈儿翩跹是这部剧的编剧,享受了如潮的好评,这时有书粉跳出来说网剧不按原著改编,而后又牵出已出版原著与网传连载相去甚远的话题,网友就"网剧好还是改编好""出版好还是网文好"吵得不可开交。

这几天,剧组里也有人在议论。江水自然有所耳闻,但她一听到这个事情就犯恶心。

本是她应得的,她却得到了什么,浇头冷水。

她难道是任人欺负的包子?

不,君子报仇十年不晚。

只是,她如今羽翼未丰,没有心情也没有余力去搅浑水。她如今的心态有点像鸵鸟,不想听这些芜杂的话语,只等这阵子热点过去恢复平静。

她起身离开影棚,避开一切言论。

不知不觉中,她绕到了影城西门的某座宜人小筑,索性坐在院子里的石凳上休息。

凉风习习,竹影婆娑,无人打扰。

睡了一个回笼觉,醒来,阳光洒在身上,暖暖融融,像铺了一层薄毯子。她揉揉眼睛,伸伸懒腰,踢踢腿。

"当!"

好像踢到了什么。她捡起来一看,是把车钥匙,谁这么粗心,这么大个东西都能丢。

她立刻拍照准备发朋友圈问问。

"抱歉,请问有没有看见……"

身后传来一个闷闷的、温和好听的男声。

她转头看见一个戴着墨镜口罩的高个子男人,身穿白色连帽衫和黑色短裤。

"咯噔"一声,她惊得把手机摔到了桌上,嘴张了半天。她突然从座位上跳起来,一个激动把钥匙抓牢,不远处的一辆车子嘟嘟亮起灯。

"苏……苏一桉!"

绝对是苏一桉,只需要一个轮廓,她就能认出自家"爱豆"。

踏破铁鞋无觅处,得来只需他的失物——粉圈内流传的偶遇法则实不欺我!

了解苏一桉的人都知道,他经常丢三落四,忘性惊人。手机、手表、身份证,甚至连自己都丢,有时在机场候机,他的经纪人还会广播寻他,不经意间就造福了粉丝。

面前的男人大方地摘下墨镜和口罩,给了她一个标准的苏一桉式微笑。

她要窒息了,心脏怦怦直跳。

她真的很爱他啊!苏一桉不仅外形条件突出,他的作品更有一种浑然天成的风流气韵。且他十分有灵气,塑造了很多别具一格的经典形象。两年前,他凭借电影《乱世桃源》荣获双料影帝。

"可以还我钥匙了吗,你把我的车门都打开了。"

江水如梦初醒:"喔喔喔,钥匙钥匙。男神还是这么会丢东西啊!"

苏一桉接过车钥匙锁了门,脸上挂着笑,淡淡地说:"看来你很了解我,江水小朋友。"

"哎哎哎?你怎么知道我名字,男神居然知道我!"江水顿时血气冲头。

苏一桉一根手指比在唇边:"淡定。南小花跟我提过,我看了你的简历。"然后微微俯下身,凑到她面前,抿了抿嘴,"虽然我经常忘性大，但我记住你了。"

江水呆住，她从小给竹马起的绰号竟然在男神嘴里"发扬光大"了。

苏一桉挺直身子，伸出手，露出绅士笑："欢迎来皇星。"

她跟男神握手之后，目送他的背影远去，整个人还是蒙的。

好一会儿，她才一个激灵清醒过来。

她心情大好，步履如飞，跳跃的身姿是无比雀跃，撞到人时也含歉带笑地说一句："对不起啦！"

"嗯，是她。"

"没错，我一个朋友正好是那家公司股东，执笔人本来是她。趁这个势头，我们不妨截和，抢先买断做出第二季。再说，公司这几年业绩也不好看……"

安诗韵在房间里对着电脑页面的数据，视线忽然被桌面一团黑乎乎的东西引走。

"天啊！"

江水还在路上愉快地踢石子，想把这份喜悦分享到朋友圈。她打开微信，剧组群却跳出安诗韵的一条语音。她好奇八百年不发语音的导演一定有要紧事，点开一听：

"救命啊，我房间有蜘蛛！"

方圆百米的人都被震得一跳。

"我的耳朵……"江水差点把手机飞出去，心想逗英雄的时候到了，于是健步飞奔。

走廊里，安诗韵穿着拖鞋在门口跳脚，花容失色，一见到江水，她便娇滴滴地扯着江水的衣袖说："有……有蜘蛛，一块粉饼那么大，快，快弄走它！"

"在哪里，我帮你搞定。"江水拉着安诗韵走进房间。

"就……就在房里。"

江水鬼子进村一样迈进一步，迎面看到沈柯轩背贴窗帘脸色苍白站定不动。

她瞬间顿了顿："你确定不是有只猪？"

"啊啊啊……爬到椅子上了！"安诗韵又一声惨叫。

说时迟那时快，江水飞起一脚，"啪"的一声，结束了一个无辜的小生命。

安诗韵和沈柯轩同时一抖。

"蜘蛛有什么可怕的。"江水一边把垃圾清理干净丢进垃圾桶，一边安慰吓得泫然欲泣的安诗韵，"安导，要是以后再遇到虫子就找我，我不怕的。"

沈柯轩松了一口气，向江水投去一瞥。

他皱了皱眉，沉声对安诗韵说："我还有事。"

他又看了江水一眼,这个女人真是胆大包天,竟敢说他是猪。

江水被这不友善的目光盯得一愣,她拘谨地缩了缩脚,把自己当一张纸片人,任对方在身前刮一阵风离开走远。

她默默地舒了口气,恢复自如。

"吓死我了。"

"别害怕,其实沈总人很好的。"安诗韵倒了一杯茶递给江水,似有心事地眯缝着眼说,"他就是太少跟女生接触……"

江水立刻接嘴,意味不明地笑起来:"难道他不喜欢女人?"

"噗——"安诗韵脚滑了滑,"沈总要是知道他被这样误会,一定扒了你的皮。"

"人嘛,总要正视自己。"江水喝了一口茶,问,"安导留我有什么事啊?"

安诗韵便坐在旁边:"你怎么那么机智呢?"清了清嗓子,"咳,正经事……"

这时江水的手机响了起来,是南华的专属铃声。

她抱歉地说了声:"是南华打来的,我出去接一下电话。"

安诗韵点点头。

走廊里。

江水按下接通:"喂,大傻……"

"你找死?"

"我错了。小花花,你有什么事?"

"去,别叫我这个。"南华声音听起来很舒展,"哎,我有一个好……"

"我什么消息都不想听。"江水故意打断,哈哈地笑开,又担心里面安导听到,立刻噤声。

"话到嘴边不听不难受?"

"是你话到嘴边不说不好受吧。"

对方声音转了几个弯,"啧"一声:"哎呀,那皇星的面试我也就……"

"皇星的面试?真的吗?"江水一激动,膝盖"哐"的一声撞到门框,她捂着腿"哎哟"几声。

"干吗,高兴得要死了?你注意查收短信,到时候别给我丢脸。"

"哼,你等着我,看我给你写一篇同人文。"

"喊!突然好嫌弃你,不想让你进公司。"

"叮——"

是皇星面试的通知短信。

江水闷着嗓子尖叫一声,啪地挂断手机在原地转圈,高兴得像个傻子。

"哎,你……我去,这就挂了。"南华满是笑意地抱怨了一声,

"祝你成功。"然后把手机揣进裤兜。

"什么好事这么开心啊？"

安诗韵显然已经听到动静，笑着问进来的江水。

江水挥着手机告诉她："我要去男神公司面试了！啊！"

"哦，这样啊，恭喜。"

3.

这几天安诗韵挺发愁。

她不开心，因为好东西都在皇星。南华在皇星，现在江水也要去皇星。

对家公司倒是场面做大了，还敢跟她叫板。盛世不缺编剧，也不缺成熟的编剧，只是这个节骨眼上皇星预备签约江水，看中的就是她的IP潜力。如果这次没法把她留下，岂不是任由对方踩在自己头上。

盛世是沉寂了些日子，真当他们死了啊。

不过，她早该想到的，江水的微博"短腿柯基小公举"，大多数内容都是转发跟苏一桉有关的信息，更何况简介写的还是"苏一桉首席出轨对象"。换位思考，她安诗韵要是不跟盛世血脉相连，肯定也跟自己喜欢的男神跑了。江水和盛世非亲非故的，她想去哪儿就去哪儿，自己又怎么好意思硬把人留下。

安诗韵愁肠百结，给沈柯轩打了个电话。

"哥，那个，昨天有个广告商要投放广告，我不想要。"

沈柯轩的声音听起来有些疲惫，却很果决："不行。这样，我后天会过去一趟，接下来剧组的事务全权交给你处理。"

安诗韵沉默了一会儿："那好吧。对了，哥，江水估计要去'对面'。"

沈柯轩有些不在意："去就去吧。"

就知道。安诗韵咕哝了一句，但一想到江水是南华的发小，接近了江水就等于接近了南华，于是她采取迂回战术。

"你要为我的幸福着想啊，我需要她在公司。"

手机那头的人默了很久，安诗韵错以为电话被挂断了，于是拿到面前看看，并没有挂，于是重新把手机贴回耳边，就只听到了两个字：

"……胡闹。"

"不是，哥，你想什么，我是说南华是她朋友，近水楼台先得月。反正我不管，你是 boss，你想办法。"

"我很忙。"

安诗韵把电话按掉，埋怨了句："死木头疙瘩，难怪找不到女朋友。"完全忘了自己也是单身狗。

沈柯轩靠在转椅里，双腿跷在桌上，又一次被亲妹挂断电话也没什么大不了的。

他把手机丢在一边,叫来助理在行程表某一天做上记号。他揉了揉太阳穴,努力想找回自己的微博账号密码。

"诗韵,这几天怎么不见沈总?"

林婳刚拍完戏,就在附近翻剧本,这时见安诗韵打完电话,便过来问她。

"他后天会来。"安诗韵拿笔点点她的鼻子,"话说啊,你什么时候把我哥拿下?"

林婳与安诗韵小时候是邻居,父辈关系密切,经常在一起玩耍。安诗韵知道林婳喜欢沈柯轩,无奈她哥木头脑袋不开窍……

安诗韵上下打量林婳凹凸有致的身材,嗯,得下点猛药。

"你……要不要试试勾引他?"

"怎么勾引?"

于是,两个没有恋爱经验的姑娘开始排兵布阵。

Chapter 4
亲眼看见潜规则第一现场

1.

见到男神以及收到男神公司面试通知这双喜临门的好事,让江水心情大好,加上适应了剧组工作,时间还有盈余,她闲不住,买了七八本书,今天快递到了。

她在东侧门一家砂锅店吃了晚饭,再去附近的甜品屋点了枇果杯。

酒足饭饱之后,她抱着一摞书吭哧吭哧地回酒店。电梯上了四楼,胜利在望。

出了电梯,她看到走廊上有人穿着浴袍站在一扇门外。

咦,不会是遇到抓奸现场了吧?

她心一提，装作不在意，实则悄悄走近，越接近越觉得此人眼熟。

男人听到动静转过头，视线下落。

江水心里"咯噔"一跳："沈……沈总好。"

沈柯轩抱着双臂，仍是一贯的冷漠表情，眉宇间有些不耐烦。他像是刚洗完澡，发梢还淌着水珠，顺着他的侧脸棱角流到修长的颈部，白色浴袍宽松地套在身上，隐约露出一点肌肉线条。

他清冷地站在那里，有一种禁欲的美感。只不过脚下踩着一双长着哈士奇耳朵的毛绒拖鞋，与其气质格格不入。

"哗啦啦啦……"

不知为何总能听见一股水声。

江水低头看到对面房门打开，卫生间里的水汩汩流到玄关处，地上一片狼藉。

她对着他眨了眨眼，不知道为什么心里有点窃喜："沈总，你房间漏水啊。"

沈柯轩默不作声，移回视线，仍杵在路中间。

剑眉星目，玉面阎罗，一看就是冷场王，这种人不管多帅都是她的交往死角，谁愿意热脸贴冷屁股啊。

此地不宜久留。

江水便抱着书一边轻飘飘地离开，一边偷着乐，让你横，这回倒霉了吧。

这时，沈总轻咳一声。

江水忽然觉得不行，城门失火殃及池鱼，走廊一条薄毯子吸水能力有限，再这么下去，她的房间也得遭殃。

她掂了掂手中的书本，又倒退回来，望着冷脸罗刹，试探着问："沈总你……不准备采取什么措施吗？"

"罗刹"扫她一眼，淡淡地说："不需要。"

不需要？

这都水漫金山了，还不需要？

江水惶恐地多眨了几下眼，然后不客气地把一摞书往他手上一推。

"拿着。"

沈柯轩一时没想到对方会这么放肆，踉跄了两下把书抱住，看到女孩儿撸起袖子，挽起裤腿，还踢掉了鞋子，一副下地干仗的架势。

他欲言又止，最后只挑了挑眉。

江水打赤脚走进卫生间，被地上红色的女士内衣吓了一跳。

这沈柯轩什么毛病，女装癖吗？

她提起一只脚一划拉，把地上的杂物挑到一边。

水已经漫到脚踝，可能是水管破裂，她扫了一眼，搁在地上的花洒的接口处明显松开，一直在往外冒水，而角落里的出水口却被一坨白色毛巾堵住。天啊，到底有没有生活常识，把地漏堵住，能不水漫金山吗！

无语的江水把毛巾扯开丢在一边，水顿时轰隆隆往下水道奔流而去，好似打了好响一个饱嗝。等水去了些，她索性跪在地上拧花洒，家里的灯泡都是自己修的，这活儿小菜一碟。

一回头，沈柯轩不知何时站在了门口，饶有兴致地看她。江水立刻举着花洒说："通了。"他怎么神不知鬼不觉的，吓人一跳。

"你会修？"沈柯轩下巴似乎搁在书堆上，眼睛眯着，像只漂亮的狐狸。

江水点点头，也就你这种四体不勤五谷不分的人看稀奇。

"沈总……"

屋里突然传出女人娇嗔的声音。

竟然……有女人！

那声音酥得江水起了鸡皮疙瘩，有情况啊！她探头往声音传来的方向一瞥，愣住。

那不是林婳吗？

只见林婳妖娆地躺在乳白色大床上，松松地套着一件胭脂红的丝绸睡衣，香肩半露……

妈耶……

性感美女，在线撩人。

她江水，有朝一日，居然，亲眼看见潜规则第一现场。

"江水？"林婳忽然睁圆了眼睛。

江水的脸呼啦啦红了，她捂着脸说了句"打扰了"就准备溜出房间。

出了门，身后传来沈柯轩低沉的嗓音："站住。"

"啊？"江水下意识地转头，迎面一堆书推到身上，没等她接稳，对方已然放手，忙得她靠住墙壁借力才抱得稳当。

她咬着牙说："我谢谢你帮我拿书啊，沈总。"

沈柯轩从她身前经过，从口袋里拿出手机拨通，以一种命令的语气说道："王经理，420房间漏水，你现在马上把林婳换到其他楼层。对，现在。"

所以……这不是沈总的房间，而是林婳的……

原来如此！

林婳想使美人计，于是把花洒拧开，又把地漏堵住，造成水漫金山之势，借此让沈总过来为她修花洒，然后孤男寡女，共处一室……

这是故意色诱沈总呀！

没想到你是这种人，林婳！

名侦探附身的江水嘴角贱贱地勾起，再次想起林婳躺在床上那香艳的场景。潜规则这种事听得虽多，但目睹确实是第一次，她脑子一怔，一股热流从鼻腔淌下。

"你为什么跟着我？"

沈柯轩挂掉电话，瞥见身后跟着小尾巴，不耐烦地转过身，却在见到她的蠢样时后悔自己问出这句话。

"啊？"她一抬头见沈柯轩抱着双臂堵在面前，心说好狗不挡道，"我没有跟着你，我的房间也在这边。"

沈柯轩歪了歪头，眉头一皱，欲言又止，最终指指鼻子。

江水知道自己上火了，小心地抽抽气，然后朝一旁侧头，以免鼻血落到新书上。

突然，鼻尖触碰到一个冰凉的物体，她一惊。

原来是沈总从口袋掏出一包湿巾，抽出一张很不温柔地往她脸上丢来，然后本着人道主义精神胡乱帮她抹了抹。

"唔，唔，戳到我鼻孔了……"

沈柯轩像被烫着似的立刻缩回手，然后取出另一张湿巾擦了擦手，最后把废湿巾丢进垃圾桶。

做完这一切之后，他轻蔑地说："你以为，三番五次在我面前做蠢事，我就会注意你？"安诗韵还说他想太多，这女孩儿都当他面流鼻血，还说不是想倒贴？

江水贴在鼻子上的湿纸巾飘落在地，她都顾不上了，只不可置信地眨了眨眼，脱口说："你想多了，我没有。"

沈柯轩的神色有一瞬变得异常清冷，他突然走近一步："为什么要勾引我？"

江水立刻后退一步，惊恐地眨了眨眼："勾引？沈总为何用词如此大胆，我真没有啊！"

敢情林婳特意打扮一番，大半夜叫他去房间，不叫勾引。而她霉星高照把羊排掉他车上，饮料洒他一身，书本砸他脑袋，这才叫勾引？

她脑子转不过弯了。

他若有所思地盯着面前的女孩儿。一定是走廊的灯光太昏暗让他产生了错觉，他居然觉得她望向自己的双眸清澈空明，温柔如水。

姑且信她。

沈柯轩狐疑地侧过身子，瞟了眼地上的湿纸巾，然后瞪了她一眼。

江水心里一打鼓，麻利地捡起湿纸巾丢进垃圾桶，起身时只看到沈总大步离开的背影，略一回头，投来一个类似看智障的眼神。

我去，谁是智障啊！

2.

窗外的月亮圆了一半，今夜还是灯火如昼。

江水四仰八叉地躺在床上，鬼使神差地摸了摸自己的鼻子，嘴角一扬，脸忽然有些热。被沈总这样一个大帅哥擦鼻血，还真是……

哎哎哎，想什么呢！

江水及时止住想象，她还没有花痴到为他一个动作而"老鹿蹒跚"。

还有，他那句话是什么意思？勾引？

她越想越是不安，觉得沈柯轩能问出这么没脑子的话，跟那种宽容下属体恤员工的总裁人设没法沾边，他整个气场、整个神态，都在宣布"我是小心眼，谁惹我，我要给谁穿小鞋"。

而她那么倒霉，砸了他的车子，打了他的头，还看了他的妹子。

对，他讨厌一个人，就会觉得这个人做什么都不对。

江水冒了滴冷汗，打开手机百度"如何讨好上司"。

刷了几分钟，她放下手机，为什么要巴结沈柯轩啊？此处不留爷，自有留爷处。

沈柯轩在窗前站了站，拉拢帘子。

趁他不在，几个元老竟敢装病罢工，呵，不过以为他光是意气不留后手。不知几位长辈收到刘言发去的"怠工记录"还敢不敢甩脸色。

饶是如此,他还是有些心神不宁,脑子总浮现一些片段。他不自知地扯张草稿纸折了架飞机,从床头柜叠起的一堆书中取出一本微积分,重新拆开纸飞机做算术,笔走龙蛇,做得兴致大起,睡意全无。

不行,安诗韵说过不能熬夜。

沈柯轩刚准备躺下,被手机铃声惊到,一接通,安诗韵的声音雷霆万钧般袭来。

"沈柯轩,林婳半夜打电话说她不演了,你怎么惹她了?"

"她签了合同,不可以毁约。"

沈柯轩仔细回想了一下,好像并没有惹毛林婳——难道,是怪他没有疏通下水道?

"哥,你清醒一点,林婳她在生气啊!"

"什么?我现在很困,可能不是很清醒。这样,你把违约条件再与她说,还有,让她不要辜负老爷子的期望……"

"行行行,跟你说不通,我也困,反正明天你自己找她说!"

沈柯轩皱皱眉头:"忙。"

手机"嘟"一声,被挂断了。

他抹了一把脸,精神了不少。

他扭扭脖子，瞥见办公桌上前几天缴获现在躺着积灰的《亲亲我的总裁大人》，再次惊讶"木偶没有长鼻子"竟会下海写这种书。

他心血来潮翻了几页。

"他饥渴地抱着她柔软的躯体……"沈柯轩一颤，被其中用词之大胆，描写之浓重吓得头撞到台灯，"细碎地吻着她洁白细腻的脖颈……轻轻舔舐她那双清澈而妖娆的眼眸……"

他迅速合上书本，冷汗直冒。

如果这就是木偶断更《杏花春雨》的理由，那真是太堕落了。

沈柯轩躲进被窝，不过，一个问题却一直萦绕在脑海里——

眼睛怎么舔……

这个问题困扰到他一觉被江水那双清澈的眼睛惊醒。

他跑到卫生间用冷水抹了把脸。

噩梦，一定是噩梦。

然而，比噩梦还不让人清静的是——

"沈柯轩，你给我站住！"

一大清早，林婳从走廊另一头气势汹汹地杀过来，堵住沈柯轩的去路。她的眼眶有些红，像是情绪爆发过的样子，现在仍处在随时点燃的状态。她又委屈又生气地冲他吼："沈柯轩，你……

你真是太过分了！"语气很暴躁，表情倒是求安慰的样子。

沈柯轩摸了摸耳朵，林婳是这部戏的主角，不能让她赌气。他挑自己觉得重点的说："你总是太容易激动，请冷静一点，说说你罢演的原因吧，我想，你现在做的决定，一定会后悔。"

林婳的脸蛋涨得红红的，她一时失语，半天憋出一句："谁……谁要说这个！"

沈柯轩疑惑："那说什么？"

林婳平复心情，轻咳一声："昨天去哪儿了？是不是跟那个什么江水，一起回去了？"

"这跟你没有关系。"他跟谁回去，对她的工作又不会产生什么影响。

林婳的脾气一下子又被点燃："怎么跟我没有关系！我……"

手机铃声响起。

是经纪人催她工作了。林婳气得跺脚，小提包往沈柯轩身上一砸："我……拍完这部戏，你别再想找我了！"

"那不行，你是公司签下的艺人，有合约……"

"哼！讨人厌的沈柯轩！"

林婳转身。

两人不欢而散。

她怎么会喜欢这个木头疙瘩！小时候眼瞎，还瞎到人！

3.

电视剧拍摄周期过半,江水已经过惯熬夜加班的生活,这天晚上十点接到南华的电话,她双眼仍瞪得像铜铃,咬着水笔帽子构思下一场戏。

"喂,我正忙呢,有屁快放啦。"

南华声音激动:"什么放屁!你看看热搜,霸榜霸到现在啊。你的剧火了,收视率直冲第一!江水,什么时候请我吃饭啊?"

江水点开微博热搜,看了一眼后,懒懒地说:"又不是我的功劳,关我屁事。"

前辈抢她的文,署自己的名,剧火了,也轮不到她庆祝。

南华倒不在意地说:"还好我知道这小说是你写的。这段时间累坏了吧,你不请我吃,我请你吃得了,不知道谁在朋友圈连发三条想吃小龙虾。"

有便宜不占王八蛋,江水重重地点头:"好啊。"

湘风鱼馆。

江水有幸借剧组的光蹭过两次,对招牌菜麻辣小龙虾赞不绝口。南华这小子挺会讨人欢心的嘛。

饭店的装修风格古朴大气,充满中国风的味道。富丽堂皇的大厅，优雅舒适的单间包厢，身着旗袍的女服务员在前方领路。

江水虚荣心作祟，定位，发朋友圈。

"发好了？啧，你好邋遢，头也不梳就过来了。"

南华大爷样坐在包厢的沙发上，取下墨镜，冲她一笑。

江水拉开椅子坐下。

尽管南华的眼圈用妆容遮过，但还是给她看出一丝疲态。江水故意取笑他："哎，平时对女生最绅士最温柔的花老么，私底下不给女生拉椅子啊，还是说，几场演唱会来回飞，累得连起身都没力气啦？"

南华直接"葛优躺"："你是女人吗？"又在江水一眼瞪过来的时候马上投降，"有话好说，阿……阿水，皇星要你的可能性巨大！"

"真的啊！"江水立刻息怒，拖着椅子噔噔凑近，"此话怎讲，你献身啦？"南华就是这样，就算自己再忙，今天的事情绝不拖到明天，更不用说好消息了，一定会第一时间带给她。

"啧，我说的话还有差？"南华顺势妖娆地靠在桌边，眨了眨眼，"我说，你的第一个剧本我可预定了。"说完，咚咚拍自己胸脯，又做了个意味深长的停顿，奸诈地笑起来，"嗯……其实我看你外形条件勉强过关，要不到串一个自己写的角色？"

江水耐心地听完，给了他一个脑瓜崩儿："梦做完了吗？"

南华捂着额头嗷嗷叫。

"你想得美，第一个剧本我要给苏一桉写。"

麻辣小龙虾上桌，服务员放下菜碟后恭敬地撤退。

南华立刻狗腿地伸出手来替她剥壳。

江水一边享受美味一边吐槽："你这是献殷勤啊……"

南华杵着下巴看她吃得津津有味，悠悠地说："可不得讨好未来的金牌大编剧。"

两人你一句我一句，丝毫没有注意到门后悄然闪过一个鬼鬼祟祟的人影……

不错嘛。虽然没有抓到苏一桉，倒也赶巧抓到一个火热上升的"小鲜肉"，依旧是头条。在湘风鱼馆兼职服务员的狗仔猴急地打道回府，堪堪错过了此行的头号目标。

"小花？"

半开的包厢门外站着一个人。

江水如闻雷震，循声望去——

那是……苏……苏一桉！

苏一桉带着春风和煦的笑容推门走进来，江水简直不敢相信自己的眼睛，捂着嘴巴颤抖了半天。

苏一桉扫了江水一眼，走过去很自然地放下东西，坐了下来，然后揉了揉南华的头发，玩笑地说："原来小花不跟我们聚餐，是偷跑出来见女朋友了。"

南华还未说话，江水反应激烈地说："不是的！"她霍地站起来，说话都不连贯，"不是的，我我……我是苏一桉的朋友，我是南华，不不……不对，我是江水的朋友苏一桉，不不，我是南华……"

"不好意思，桉哥，她是结巴，这会儿还神志不清，不知道要说什么。"南华实在看不下去，倒了半杯红酒恭恭敬敬地举起，"桉哥，敬你一杯，下次，下次一定……"

"好。我知道。"苏一桉接过酒杯一饮而尽，意味深长地看了女生一眼，"你跟江水好好吃吧。公司见。"

"哎哎……男神还记得我！"

江水巴巴地目送男神离开，心痛不已，又狠狠地吃了两只小龙虾。

南华像松了口气，白了眼没出息的朋友："阿水，你对苏一桉花痴得也太过分了……"一向牙尖嘴利的江水刚刚那副娇羞样差点闪瞎他的眼睛。

"有吗？"江水嘴里还含着饭，下意识瞥了一眼苏一桉坐过的位置。

男神的忘性果然名不虚传，才一会儿工夫就把钱包落下了。

于是，江水默默掏出手机。

南华刚坐下，也顺着江水的目光见到钱包，看看江水那副豺狼虎豹的样子，以迅雷不及掩耳之势拿了过来："我去还给他。"

趁南华出门去找苏一桉，江水翻开微信未读消息，看见安诗韵找她有事。

她想了想，决定要给朋友谋福利，奸笑着发去信息要安诗韵过来。

安诗韵收到信息激动不已，冲视频里一脸严肃的沈柯轩叫道："哥，我就不旁听那什么会了，我去找江水！"

沈柯轩严肃的表情总算有一丝波动："干什么？"

"她叫我去看南华啊！"

沈柯轩更加不爽："她为什么和南华在一起？"江水这个人竟敢带坏他的妹妹，让她不思进取！

"他们是青梅竹马。"

沈柯轩的脸色略略变化了一下，不过他很快醒悟过来，去主持视频会议。

只是不知道为什么，总不能如同以往那样专心。

4.

自那天翘班之后，安诗韵一直快快不乐。一周后，沈柯轩敏锐地捕捉到这一点。这两天放假,他有空又来了一趟,还特意带了一盒五仁月饼。

安诗韵趴在桌子一言不发地刷手机。

沈柯轩打开笔记本电脑,本着尽到兄长之责,他关切地问:"明天休息吗?"

她回头白了哥哥一眼:"想关心我直说。"

"嗯。"

"哥……"安诗韵忍不住了,她有一肚子苦水要倒。

虽然那天见到了南华,却也得知江水要追随发小,两人借着酒劲立志要成为"皇星双煞"。

安诗韵听了,表面上恭喜,心里可委屈。江水等于是一只煮熟的鸭子飞了,而南华是她心头的白月光,如今这俩宝贝全打包送了对家,她是无论如何也接受不了的。

这边她正想着如何措辞,却见沈柯轩入迷地盯着电脑屏幕。

哼,是不是亲哥,居然在她如此惆怅的时候走神!

安诗韵气鼓鼓地绕到沈柯轩身后,刚想叉掉网页,眼睛一瞟,《杏花春雨》小剧场……咦?什么时候更新的?

不对!

安诗韵不可置信地瞪大眼睛。

沈柯轩居然在追《杏花春雨》?

"哥,你怎么看小说呢?"安诗韵下巴搁在他肩膀上。

沈柯轩挪了挪,拿两根手指把她的脑袋推开。

"你你你——你是堂堂盛世总裁哎,你怎么也看网文——不行,我得告诉江水去……"

沈柯轩握住鼠标的手一顿,缓缓回过头:"告诉她?为什么?"

安诗韵像看到恐龙复活一样惊讶,手舞足蹈地吼:"哇,你居然不知道《杏花春雨》作者是江水啊!"

"你说谁?"

"江水啊!"安诗韵兴奋地重复,大眼睛眨呀眨,"'木偶'是她的笔名啊!"

沈柯轩嘴角一抽,哼出一句"不可能",然后顿了顿,与安诗韵对视。

这样老辣的文笔显然是个上了年纪、阅历丰富的老大叔所有,不可能出自一个娇憨的小姑娘。

"这是她的'小马甲'啊!你不知道,他们作者都这样,稿子写不出来,笔名编一箩筐,'短腿柯基小公举'是她,'木偶没有长鼻子'也是她。"安诗韵探到屏幕前,戳着对话框的名字,"这个马尔科维奇……是你啊!嗯,背着我有小号呢。看吧,你也有小号!"

"胡说。"沈柯轩一阵心虚,把用来催稿的小号叉掉。

安诗韵识趣地闭嘴,眼神里却透出股得意劲儿,嘿嘿,抓住她老哥的小辫子了。

她忍不住问:"哥,你说,你现在心脏是不是怦怦跳?"

沈柯轩的右手下意识地摸住自己的左胸口——

"哇啊啊……你还真去摸啊!这么紧张干吗!哟哟哟……"安诗韵奸笑。

沈柯轩莫名心慌,轻轻地按住她的脑门往后推,自己转回桌面,打开未回复邮件。

他恢复了一贯风雨不动的冷淡神色:"这个月的报表做好了?"

安诗韵瞬间开溜。

把人打发走后,沈柯轩的肩膀耷拉下来,不知道在想些什么。

晚上,冲完澡的江水敷好面膜正准备躺下,组长的消息频繁跳出。

又要改剧本。

江水无奈地摁亮小台灯,在打印机里放好纸,挺直的脊背往下塌。太累了,本以为待在剧组吃香喝辣听听八卦,谁知道这么苦兮兮,还得随时待命,害得她好久没睡个踏实觉了,皮肤都变得好差。

而且组长太抠细节了，明明表现女相对夫人来月事的细腻观察拍一个关怀的眼神，以及一张桌子上姜汤的场景就能表达，偏偏她就要两个小厮说几句话，说女相煮姜汤的原因是"夫人癸水至"，这很明显就有点累赘了。

于是江水又一次在群里当面硬杠，软磨硬泡使他打消顾虑。

江水性格如此，即使平时察言观色、谨言慎行，但也不是没有脾气，对于自己的作品，她非常有原则，好就是好，不好就是不好，有一说一。

另一边，安诗韵躲在走廊拐角处已经看她哥在江水房门前踱步近半个小时了。

真是的，这有什么拉不下脸的。安诗韵实在看不下去，给江水发了条微信。

沈柯轩定住脚步，想了想还是觉得自己的行为过于愚蠢，正准备离开，那扇门忽然打开了。

江水探出脑袋。

此时，她只套了一件长外套，更显小只。看见上司，她露出礼貌的微笑："沈总，你有事要跟我说啊？"

沈柯轩愣了愣，猜测是安诗韵搞的鬼。

他见江水这副松松垮垮的模样,只得背手踱步像领导下巡基层一般点了点头。

"沈总有什么事吗?"

刚才收到安诗韵的微信时她吓了一跳,连忙把面膜揭了,看看沈柯轩是否真的在门口。

她一开门,果然看见门外站着罗刹沈柯轩。

她本想站在门口把事情解决,沈柯轩却是很不解风情地走了进来,还很礼貌地要顺手关门。

"门不能关!"江水叫出声,又觉得自己太一惊一乍,有点尴尬,"开着就好,里面……里面有点热。"深更半夜,孤男寡女,怎么好意思共处一室啊。

"哦。"沈柯轩似懂非懂,在房间里扫了一圈,衣服、书本,东西不多,怎么就有本事堆得那么乱。

他不等局促的主人招呼,自己拣了处干净的位置坐下。

"哐"的一声。

江水正手忙脚乱地煮开水,回头见到一身正装的沈总蒙头蒙脑地坐在地上,露出一副"总有刁民想害朕"的表情,那种明明丢人到脸热却硬要死撑的样子看得江水嘴角直往两边咧,在即将笑出声时,她及时转头。

"吓我一跳,沈总没事吧……"江水忍住笑意,泡了一杯茶给沈柯轩,并指着床垫解释,"这里有个坑。这三个多月以来,我老半夜被叫醒改剧本,经常坐在这个地方,都坐出一个坑了。"

沈柯轩扫了一眼床垫,果然有个微倾的凹陷。

出于礼貌,他接过茶杯,狐疑地闻了闻,碧螺春,不知道有没有过期。他抿了一口茶,瞟了瞟江水两边嘴角仍然上翘,脸上又是一阵热辣。

她刚刚笑了,他看见了,她竟敢嘲笑他。

安静的气氛令江水更加紧张,时不时拨弄头发,就等着这个不着调的老总开口。

沈柯轩忽然向她走近一步,她一口气差点没提上来。

他慢慢俯下身,带着一种探究的神态仔仔细细地打量着她。

她有点发蒙,一时忘了行动。他的脸就此完完全全映入她的眼帘,清晰到微卷的睫毛轻轻刷过,带起一片风。他下意识地屏住呼吸。

"你就是《杏花春雨》的作者?"

他突然凑近只是为了问这个问题?

江水长舒一口气,挪动脚步迅速躲远三步,然后背着身揉揉自己的脸颊,再次转过来时已经恢复那油盐不进的面貌:"啊,是的,沈总怎么了,难道你有……"

沈柯轩露出一个轻快的笑容:"写得不错,继续努力!"

"哎?"江水顿时石化,罗刹忽然笑了,还给她一个老干部式的鼓励,怎么感觉心里毛毛的?

见他把半杯茶搁在桌上,她忙说:"沈总走好,我会努力的。"

沈柯轩走到门口的时候脚步顿住,回过头问:"听说,你明天有一个面试?"

"哎?哦哦……是的。"她连忙表态,"已经跟安导请过假,剧组的工作我不会马虎的。"

"嗯。"他若有所思地收回视线。

门轻轻一关,江水却重重一震。

等下,他那个眼神是什么意思,而且也没说找她什么事,就不阴不阳地讲了几句话,总感觉要遭殃啊!

不管了,明天过后就有下家可以溜了。

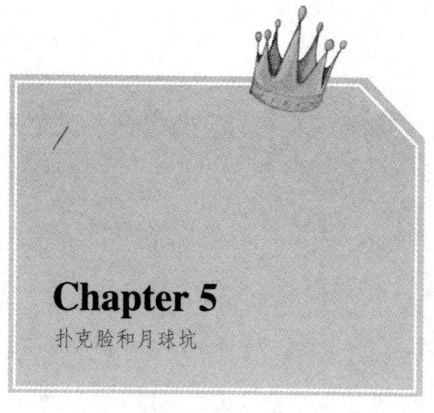

Chapter 5
扑克脸和月球坑

1.

江水盼星星盼月亮终于盼到去皇星面试的这一天。

她起了个大早,像蝴蝶一样穿梭在房间里。今天要拿出百倍的精气神面试。哎,不知道到皇星之后第一个会见到谁,南华那个臭小子还是苏一桉呢?

"妈呀!"

江水不小心打翻了书架上的柯基存钱罐,看着满地的陶瓷碎片和金光银灿的硬币,心里直突突。

"不会吧,好可惜,今天不会破财吧……"

心里有种不好的预感。

江水清理完碎片，突然起了兴致，趴在地上把一枚枚硬币按年份堆好。

江水穿着白衬衣和酒红小筒裙，束着利落的马尾，下午一点半，在皇星公司大楼下踱步，脑中响起皇星的招聘广告语：皇星，编剧的天堂，梦想的摇篮。底薪高，福利好，五险一金，包吃住。

过两天就是中秋了，如果能够成功入职，第一笔工资预支买哪种月饼给爸妈好呢。如今她总算可以独当一面，扛起家庭的责任。

她深吸一口气，刚准备迈步，"嘟嘟"几声，背后忽然有人按喇叭。

她转过身，一辆眼熟的黑色豪车缓慢驶到她的身边，车窗落下，露出一张冷峻的扑克脸。

"沈……沈总？早啊？"

现在才八点出头，老总没有夜生活的吗，这么早来上班？还有，盛世与皇星隔着两条街，沈总来这儿干吗？

沈柯轩沉着脸单刀直入地命令："上车。"

言简意赅，没有废话。

"上……上什么车？"见他从车里走出，江水退后一大步，是她没睡醒还是他没睡醒，还是有位长得跟沈柯轩一模一样的大哥光天化日之下进行打劫？

眼见他越走越近,江水护住钱包:"沈总,好汉,有话好好说,你你……你不能在这里打劫,你要干吗啊?"

打劫?沈柯轩沉默了,他衣冠楚楚一身正气,有半点像坏人?

他很不屑地扫了眼她全身上下不会超过三百块的行头,反问:"劫什么?"

劫财?他不缺。劫色?她没有。

"昨天太晚,就没跟你详说。"沈柯轩手里窸窸窣窣地揉着什么东西,打开递到她面前,"关于面试,正好,你给我投过简历,我觉得挺好,现在跟我去谈条件。"

江水接过皱巴巴一张纸,心中升起无数个问号。她认真一看,顿时目瞪口呆,这不就是那天她着急忙慌递过去的简历吗!

她抬头,见沈柯轩打开车门,她马上做出超级赛亚人的姿势:"不,我不是投简历,我没想去盛世……"

沈柯轩嘴角耷拉下来,浑身透出威压。不想去盛世,她是第一个敢在他面前口无遮拦的人。

"你欠我的。"

几个字理所当然地从他口里说出,加上他偶像男主的气质,好像拍摄虐恋言情剧的台词。江水摇醒自己,抓狂:"我欠你什么了?"

几张纸雪片似的贴面扑来,被她愤愤地抓到手里。

"雨刮器扭损，前玻璃剐蹭，各项费用一共五十万。"

"五十万！你不如去抢！"江水张大嘴巴怔怔地看着鉴定说明，忽然觉得"前途无亮"。

"不要想抵赖，我给你一年时间，把债务还完。"沈柯轩环着双臂，好整以暇地看着她。

江水拿着那几张纸，只觉得有千钧重量，手也抖了，牙也颤了，家里的债务已经压在身上，再加上这五十万，她何年何月才能翻身农奴把歌唱。

她默默地跟着沈柯轩上了车。

忽然，她想到什么，像抓住救星一样弱弱地问："沈总，你的车没有上保险吗？"

沈柯轩正恨这一点，咬着牙，一字一顿："新车，正好没有。"冷下脸，"没钱就认真工作。"

"但是，沈总……或许……"江水默默算了一笔账，按照底薪五千来说，最快一百个月不吃不喝可以还清，但这是不可能的。他给的一年时间期限，无论如何都过于紧迫，并且她还得打钱回家。给她十年，十年节衣缩食就能把钱还上。

"你家里不缺钱啊，我可不可以……"

"不可以。"沈柯轩自己是个脚不沾地的大债主，见过最多的就是哭穷卖惨的老赖，加上得知她是自己曾经，对，曾经喜欢的作者之后,手贱点进她的微博,嗯?他看到了什么?

一只柯基的大狗头下是一行"苏一桉首席出轨对象",怎么,连男朋友都没有就想着出轨了?他心里莫名地有点窝火。

"我不是慈善家,我是吸血鬼。我拿得出充分证据,是你的责任,你就要负责。江水,我会同情你,但穷不是你的正当理由。"

他看着她恹恹的样子,觉得,她还是笑起来好看。

不,他在想什么,没这回事!

"你说什么就是什么吧,我又不敢有意见。"江水噘了噘嘴,心里纳闷。她又不是想赖账,只好在心里翻无数白眼。最后,她小声问道:"那个,为什么……非得在你的公司工作?"

遇上红灯,沈柯轩一个刹车,默默地看着倒计时。

理由,得现编。直到计时结束,红灯变绿灯,他憋出一句:

"就这样吧。"

哎?"就这样吧"是什么意思?不懂啊!

江水觉得沈总不仅有扑克脸,脑子里还有月球坑。

"什么,你过几天剧组工作结束就直接去盛世工作了,你不来皇星了?"南华不可置信的声音从手机里传出来。

花园角落里,江水四下瞄了眼,发现没有人,便放飞自我,捶胸顿足:"你当我想留在盛世吗!要不是你那天被粉丝发现,害得模特把羊排甩出去砸坏人家的车,我至于落到这步田地吗,都怪你!"

"好好好,怪我怪我,那什么费用,我帮你赔吧。"南华认命,"那什么,你已经签过合同了是不是?"

"唉,是啊。"江水又说了一串要赔偿的数字。

手机那边的人陷入沉默,她差点以为南华挂了电话。

"喂,你哑了吗?说话啊。"

"闭嘴……这些钱都可以给我买辆好车了。"

"嗯?然后呢?"

"你自求多福吧。"

"哼!"

江水挂掉电话骂天骂地,最后灰溜溜地走了。

自始至终她都没发现,有人在附近古楼的二楼倚着窗框抽烟,他脑海里诡异地闪过一个念头——

跟她打电话的人,是她男朋友吗?

2.

日子如流水般过去,几个月的剧组生活流光溢彩,似在做梦,也终于到了谢幕的时候。

林婳穿着火红华美的凤冠霞帔,跪坐在金銮大殿中央喝下一蛊毒酒，眼光流转，脆弱而决绝，一抹苦笑，一声叹息，如一片枯叶，翩然凋落在自己深爱的这片国土。

江水捏紧自己衣袖，眼泪呼之欲出。从始至终，林嬗都是女相的不二人选，就凭她，这部剧一定火。

"啪啪啪……"

安诗韵带头鼓掌，在场其他人接二连三地也鼓起了掌。

剧组杀青了。

大家互道辛苦，挥手致意。

江水心里生起丝丝绕绕的不舍之情。那些堆在房间里的剧本该怎么办，扔掉可惜，留着占地方。

江水正暗自神伤，有人绕到她身边拍拍她肩膀。

林嬗只卸了凤冠，还没下妆，脸上甚至挂着泪痕，直截了当地问："听说，你要去盛世了？"

江水以为她来恭喜自己，欢乐地说："是的。"

林嬗撇开头，不屑地说："你还真是说一套做一套啊，不是说要去皇星吗，怎么又来盛世了？"

喔……这林大小姐是来挑事情的。

那她不能示弱。

江水想了想，微笑着说："林大小姐想太多了吧，你去向沈总打听一下，就知道是沈总他自己威胁我到公司工作，我还不稀罕呢。"

"你说他威胁你?"林嬗妆都要气花了,她笃定沈柯轩对江水有意思,很不服气,把头昂得高高的,"反正,你没我……你没我美!"她好像又重新找回自信似的,高傲地说,"反正江水,你给我记住了,我过几天去拍戏,我不在的这段时间,不许你……不许你勾引沈柯轩!"

哇……好有杀伤力的威胁。

江水忍住笑,不放在心上。在她心里,林嬗就是个任性的千金大小姐。

她挠挠头,刚准备回去,这时,安诗韵走了过来。

"江水,还愣着干什么,回房间收拾东西,明晚杀青宴,记得穿小礼服哦。"安诗韵突然笑得有点猥琐。

"我能不穿吗?"江水突然想到安导给她挑的那件白色抹胸礼服,退一步,摇摇头,不是很敢尝试。

要南华看见了肯定会说,哎哟,好一只性感的野鸡。

3.

杀青宴当晚,江水还是乖乖地听从安导的建议,穿上了白色抹胸小礼服,搭了一双八厘米小高跟鞋。

她一瘸一拐地走进电梯,默默哀叹:"高跟鞋一定是世界上最反人类的设计。"

"叮"的一声,电梯门又忽然打开,她立即噤声。

随着灌进的一股冷风,沈柯轩走了进来。他面前的玻璃映出身后人缩进角落的样子。他按下关门键,门外的助理脑门上冒出了问号——沈总,不等我了吗?

沈柯轩今天仍是正装加身,酒红色领带、白色衬衣、深色套装西服,高贵优雅。

江水忍不住多看了两眼,毕竟,食色,性也。

"鞋子不舒服?"沈柯轩突然侧过身。

江水有点蒙,但电梯里没别人,应该是对她说话。她摇摇头:"还好。"

"嗯,会场的地板很滑。"

江水眨眨眼睛,突然有点受宠若惊。原来这个不食人间烟火的总裁居然也有绅士的一面。

"你肯定会摔。"

江水挤出一个微笑。

沈柯轩摸了摸下巴,转过头,嘴角小幅度扬起。

电梯门一开,他大步流星走向宴会厅。

宴会厅宽敞明亮，布置华丽，放着轻柔的蓝调。流光所照，男男女女成双结对地在跳舞。沈柯轩和林婳无疑是舞池中最亮的星。沈柯轩西装笔挺，在灯光下尤其英俊，而林婳身段优美，妩媚动人，两人的舞步优雅和谐，叫人挪不开眼球。

他们很般配。

江水撇开头看看四周，又见这些熟悉的面孔，而离别就在眼前，情绪上头，短暂地忘记了自己酒量不好的事实。

人精江水人称"一杯倒"，毕业那会儿聚会，她突发奇想锻炼酒量，结果一杯下肚，大半夜在马路边抱着大树唱《征服》，谁也拉不住。

安诗韵肯定不知道，这里也没人知道，加上江水心里觉得，这些酒好且贵，不喝白不喝。

饭到半饱，安诗韵挽着江水听了一路《千年等一回》。

"我的耳膜……再也不劝你喝酒了，你这个酒疯耍得真清奇。"

安诗韵受累地把江水拖到洗手间，正准备叫助理拿点醒酒药来，眼一抬见到救星沈柯轩正好在盥洗池边擦手。

"哥，你过来搭把手。"

沈柯轩只是出来透个风，事情就找上了门，见江水一边烂醉如泥一边哼哼唧唧，觉得有点好玩。

他环抱双臂饶有兴致地看着:"怎么喝成这样?"

安诗韵疑惑地瞥向沈柯轩,一向冷脸的人居然会偷笑了,稀奇啊。

"男……神!你……好帅……啊!"江水突然干号一声朝沈柯轩扑去。

沈柯轩浑身一颤,瞬间从路人变成主角,他本能地扶住她的腰,她个子小小的,腰也细细的。

她仰面一个酒嗝,醺了他一脸,他脸有点热,还有些嫌弃。

江水的脸慢慢凑近,近到一双迷离的眸子忽闪忽闪,像泛起的涟漪。她摇摇晃晃地伸出手,掐了一下他的脸。

"喂,醒醒。"沈柯轩捉住她的手腕,这女人,居然胆敢捏他的脸。

"喂什么啊……你是谁啊,这……么冷,你不是……不是我男神。"江水粲然一笑,甜甜地露出酒窝,像看到了自己喜欢的东西,"咦,又……又好像是男神啊!"

沈柯轩有点恍惚,觉得面前的女孩儿笑起来实在可爱,让人想把天上的星星摘给她。

"男神……我最喜欢你了!"

"吧唧"一声,江水突然捧着沈柯轩的脸就是一口。

沈柯轩脑子"轰"的一声。他惊得只敢睁大双眼,迅速眨了几下。

这还不止，她又在他嘴巴上蹭了几下。

他觉得嘴唇上像是有一只小猫爪在轻轻地挠，挠得心里某处酥酥的、痒痒的。

江水咂咂嘴，戳戳男人的下巴，笑眼弯弯："男神……你……嘴唇……好软哦。"

沈柯轩的脸以肉眼可见的速度变红，好热，他一定是病了。

这个女人，一定是在欲擒故纵，嘴上说着没有暗恋自己，身体倒很诚实，处处在诱他上钩。这回酒后吐真言，看她以后还敢不敢赖。哼，他最讨厌口是心非的女人。

"噗！"安诗韵看到一场好戏，忍不住笑出声，"哥，你紧张啦？"

"我紧张什么。"

"你一紧张就折东西！"

安诗韵指着沈柯轩很不安分的手，他赶紧把才打了对折的纸巾揉成一团扔进垃圾桶。

江水醒来已是第二日，日头高照。

她揉了揉因宿醉引起疼痛的头，昨天……居然喝了那么多酒！

她一打开手机,就收到安诗韵发来的微信,是几段小视频。

什么啊,一个醉酒的女人像只考拉般恬不知耻地挂在沈柯轩身上……沈总?

江水瞪大眼睛,感觉那个恬不知耻的女人有点像自己……不会吧……

江水的惨叫划破天际:

"亲错人了!"

她做梦啊!她以为亲的是苏一桉!

完了,今天还要去盛世报到。

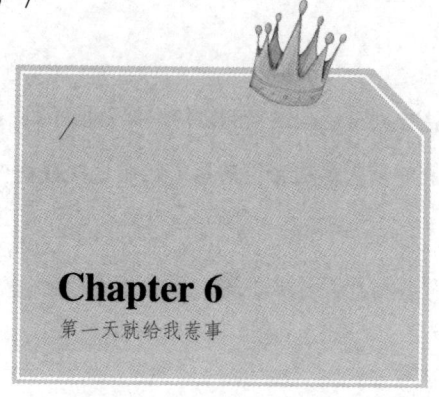

Chapter 6
第一天就给我惹事

1.

沈柯轩拿着新员工的档案，档案照片上，江水睁着圆圆的眼睛，努力做出一副严肃的表情，嘴角却以一种奇怪的姿势上翘——那是因为她在拍照时，南华在摄像师后面拼命做鬼脸。

沈柯轩盯着照片笑了笑，手指触碰自己的嘴唇，想起昨天的味道，心中莫名愉悦。

明明就是想勾引他。

"沈……沈总找我？"

在进公司报到时，前台妹子矜持地微笑说，沈总让她去办公室一趟。江水并不是很意外，因为沈柯轩是个小心眼的总裁，昨天的事情，肯定让他记恨不已。

她只是没想到他的报复会来得这么快。

江水走到电梯间，没有注意到前后四部电梯有一部没有标明员工专用，恰巧就是那部电梯"叮"地开了门。她径直走了进去，回头看到跟她挥手告别的前台妹子，心说公司里的人还挺有礼貌，于是也微笑着挥手示意。

电梯升到顶层。这里与楼下各层的装修风格截然不同，以灰白为主的极简设计，偶尔带一点玫瑰红。

经过空无一人的前台秘书处，江水站在总裁办公室前，敲了敲门。

听到敲门声，沈柯轩有点没反应过来，可能太久没听到如此朴素的叩门声了，因为有门铃。

"进来。"沈柯轩遥控开门。

门被小心推开一条缝，接着探进来一张充满活力的脸，她笨拙地挠挠头发，笑眼弯弯。

"沈总，你好。"

江水一进门就感到空旷，一面是落地大窗，灰色的帘子遮住一半阳光，但室内并不阴暗。

偌大的办公厅只有他一人，不知怎的，一半阳光洒在他的身上，有种荒芜、孤寂的感觉，像一片干燥的沙漠。太安静了。

她收回思绪，现在不是走神的时候，应当十级戒备沈柯轩的出招，看看他葫芦里卖的什么药。

"你一个人在啊？"江水恭敬地走到那张很有现代设计感的办公桌前。

"哼。"沈柯轩抬眉，面上是一个阴阳不定的微笑，"不然呢，还有鬼吗？"

安诗韵之前说过，女人都喜欢有幽默感的男人。

此时，江水不知道沈柯轩是不是在开玩笑，但她完全笑不出来。她只能给自己圆场："沈总，不是，我不是那个意思。我是说，你……没有秘书吗，刚才在门外也没有看到，就……就你一个人在，我到你的办公室来，好尴尬……嗷，我话是不是很多？"

沈柯轩静静地听她说话，给了个"你说呢"的暧昧眼神，决定试探一下她。

"昨天……"

江水迅速接过话头："昨天什么事啊，我……全忘记了！"耳根有一点点红。

"嗯。"沈柯轩冷淡地点点头，心里有些不爽，"我和你，没有任何关系。"

江水头如捣蒜立表忠诚："怎敢高攀沈总啊，我很识相的，才不会拿这种事八卦!"

他重新把头埋进文件堆。

"走吧。"

"哦。"她一头雾水地转过身,沈总好像也没为难她。

她的手搭上门把时,男人的声音突然响起。

"江水。"

"嗯?"江水一颤。来了,终于来了,他一定要整她的。

"以后不要喝酒了。"

结果他只是轻描淡写地讲了这句话。

"哎?"是在……关心她吗?

"我不希望我的员工耍酒疯。"尤其,在面对其他男人的时候。

"哦。"确实是万万不能碰酒了。

"沈总,你让我去超市买的东西……"门从外面被推开,是经常跟在沈柯轩身边的助理刘言。

这位助理看起来三十出头的样貌,周正清俊。

"江小姐。"刘言打声招呼,两手提着大袋东西往里走。

江水走出办公室后还能听到刘言自然活泼的说话声:

"……全部牌子我都买了一个遍,另外,还按照你的吩咐去朔望街逛了半小时,没找到你要的那款。沈总,不是我说,那种地方哪有像样的酒。还有,你买那么多狗粮干吗,大胖也吃不完啊。

沈总,你怎么脸色不太好啊,你最近有点奇怪……"

听到刘言啰啰唆唆的声音,想象着沈柯轩不耐烦的样子,江水不禁偷笑。

当江水从宠物店抱来模特,赶到公司的员工公寓时,天色已经暗了下来。

安诗韵给江水留的宿舍还是挺好的,就在公司后面,一室一厅,还有朝南开的小窗户,旁边是个公园。

"叮"的一声,手机收到一条快递信息。

"咦,我有快递?"

没一会儿,门被"咚咚咚"地敲响。

"谁啊?"

自己才住进来,怎么可能会有快递。江水躲在汪汪叫的模特背后开口问。

"您好,我是××公司派送员,您订的乳胶床垫给您送货上门。"

她没买床垫啊。

江水开了门,两个派送员扛着床垫帮她铺好。她在单上签字,一眼瞧到那价位,小心脏抖了三抖。

她手快于脑,点进家庭微信群,突然想到,她还没有告诉爸妈她新落脚的地址。

难道是安诗韵？

她马上打过去问，安诗韵却说没有。

一定是南华这小子。

手机铃响起，是南华打来的。

江水笑眯眯地接起："喂，小花，那个床垫……"

南华语气却很急："阿水你现在怎么样，有没有看热搜，我好不容易给你打的电话……我经纪人来了，先挂了……"

听他没头没尾说了一通，江水心一沉，总感觉事态不祥——热搜？

微博上的新闻——某某组合老幺南华，半夜送女友回家。

这么劲爆！南华不要命了！

等等——

江水的指尖顿在手机屏幕上，南华什么时候有了女朋友，她居然不知道！

果然孩子大了翅膀硬了，该放手了。

江水怀着老母亲的心态预备点开详细报道，哪知服务器突然全线崩盘，等了半个多小时再去搜，已经搜不到任何东西。

嗯，皇星一定有所行动了。

可是，真的很好奇哎……南华一声不吭交了个女朋友，按理说他事业心那么重，不应该啊。

她转战豆瓣，有人发帖说，今日组宠的新闻昙花一现，据说是被公司火速压下……

"叮叮叮——"

微信有消息，是南华发来的。

他什么文字都没发，只有一组图片。

第一张是一家被长焦镜头拉近的酒店，很熟悉的中国风装修——湘风鱼馆？

她忽然感觉心脏被什么东西揪住。

酒店包厢，南华和她有说有笑。

地下车库，她坐进南华的车子。

公司楼下，他们挥手告别。

她居然就是南华的绯闻女友！这太荒谬了！她大南华四岁，是正儿八经的姐姐！狗仔们为什么不长脑子！

眼瞅着微博上南华的粉丝占据各大榜单哭天抢地，扬言要把这个祸害他们单纯善良小白兔的大妈抓出来枪毙。江水第一次真切感觉到自己要是被扒出来生命都会有危险……

怎么办？

南华电话已经关机了，应该是被公司看管起来了吧。

不行，他的前途不能毁。只要出面澄清就好了，说他们只是朋友……

2.

江水刷了四五次页面，还是无果，一度霸占热搜榜首的新闻瞬间无影无踪，原爆料博主的微博显示此条已删除，但凡有点影响力的大V下评论清空，好像事情就此蒸发，连给她转发标签"辱骂"的机会都没有。

皇星的动作太快了吧。

她把手机放下，钻进浴室洗澡。她也没必要贴上去给别人蹭热度，只要给南华带去的负面影响消除就好。

南华这小子不容易，以后还是稍微保持点距离，等到他真正强大到不畏人言再去巴结。

江水心情顿时放松，甚至哼起了小曲儿：今夜我又来到你的窗前……

她边擦头发边蹚到新铺的大床边，单膝跪上，乳胶床垫软韧的质感一看就非常好睡，不知为何，她的脑海里出现沈柯轩的脸。

不可能吧。

江水仰倒在床，脑海里浮想联翩，又抓抓头，把那些念头赶出脑海。

一觉睡得实在舒畅，早晨八点，江水睁开眼，顺手摸到手机，准备刷一会儿。

没想到一大早,又是一条爆炸性新闻——皇星一哥苏一桉居然亲自下场,出面澄清!

苏一桉在微博里用他一贯和蔼可亲老干部的风格说,他们公司的艺人和兄弟公司的编剧是朋友,那天只是聚餐,他也在场。

苏一桉一说话,风向顿时被粉丝煽动着一边倒,但总有"优秀"的网友挑刺,尖锐地问:"非粉非黑,路人视角,既然他们是朋友,那你为什么也在场呢?"

立马有一票粉丝说"路过啊""我家苏宝宝爱去哪儿去哪儿还需要报备啊"。

这时,苏一桉回答:"嘘,有新工作。"

于是,他的留言下统一队形:嘘。

这时,盛世的官微忽然贴出一封义正词严的声明,主要指控狗仔的无良行径,连公司一个小小的编剧也不放过,并且内容翔实、证据充分地贴出"本公司小编剧"的朋友圈截图,三人聚餐合照,以及盛世某员工与苏一桉接洽的聊天记录——苏一桉竟然亲自出马哎!

江水噌地跳起,皇星这么大手笔,怎么可能嘛!

苏一桉那么大咖,没必要也用不着亲自出马,难道……南小花跟他有什么私下交易,还是……南小花他堕落了!他被高层潜规则了!

"丁零……"

是安诗韵打来的。

"喂,诗韵,那那……那个我和南华……"

"就是吃饭那件事吧。"安诗韵漫不经心地说,"解决了,不要放在心上,一年多少绯闻啊。"

江水很是宽慰,旋即问道:"可我们没有谈剧本。"

安诗韵打了个哈欠:"那是沈总的手笔,他怕你被扒出来啊,昨天凌晨四点才躺下。毕竟沈总就是沈总,不仅扭转局势,还一举两得。"

是沈总啊。

他为了自己……自己的公司,那个罗刹还是有点人情味的嘛。

既然沈总在睡觉,那她就悄悄道个谢。

点开沈柯轩的微信,江水有点紧张,颤颤巍巍地打下一串轻快活泼的问候语:

"沈总早!"

那边显出"正在输入"的提示。

在江水的惊讶中,"不用谢"三个字轻飘飘却像是有预谋般跳到她的眼前。

"你怎么还醒着!"当然这句话她烂在肚子里咆哮,转化到指尖就像斗智斗勇的史密斯夫妇般藏头藏尾地写下:"我都没说是什么哎……"

对方写写停停打了几十秒,最后发来一句"我只是不想公司受影响",那股傲娇风卷土重来。

江水自己都没意识到她在看到这句话后嘴角带着笑,她有点俏皮地继续发信息:"不,我说的是床垫。谢谢沈总,睡得很舒服。"

沈柯轩顿时坐直了些,略进一步的丁点亲密被他自我放大。他的嘴角小幅度上扬,很快被自己注意到,又皱了皱眉掩饰。

他把早茶的杯子轻轻搁在桌面,左手打了半天字,然后全部删掉,重新打了一行字:"第一天就给公司惹事。"

"不敢不敢!"后面跟着许多熊猫磕头的表情。

哼,敢对他放肆了,真是容易打发的女人,而且那个床垫也不贵。

"哥!我进来了,你要吃月饼吗?"沈柯轩的思绪被安诗韵打断。

安诗韵提着一袋五仁月饼看着他。

"对家老总送给你的,要我分给同事,啧啧,相比之下,你的情商有多低啊。"见她哥眉头一蹙意欲反驳,她将袋子往沙发上一丢,"查狗仔的事有着落了没?你可要手下留情,人家就吃这碗饭的,也是没办法的事。"

打火机"吧嗒"一响，沈柯轩点燃一根烟："我有分寸。"

"臭死了。"安诗韵挥挥手，迫不及待地跑出办公室。

沈柯轩自认为是个仁慈的老板，前几天也只是派助理去警告了一下那个狗仔，温和地告诉他什么人可以拍，什么人不能拍。

那个狗仔在此后大半年都不敢出动了，他怎么也想不到，拍了一个皇星的小鲜肉，盛世却派人来收拾他。如果再给他一次机会，他绝对不会去湘风鱼馆兼职了……

3.

圆月挂在夜空之中，旁边点缀着零星几颗星。

江水听安诗韵说公司顶楼最适合赏月，于是在加完班之后和值班大爷打了声招呼，一个人跑到天台迎风吃月饼。

生活总要有点特殊的诗意和仪式感嘛。

往年都是南华陪她过中秋的，吃一顿饭，送一盒月饼。今年他却被管束起来，连一条消息都不给发。

唉，一个人吃月饼确实有点寂寞啊。

沈柯轩全年休假，或者说全年无休，他是老板想怎样就怎样，只不过接管公司没多久，手头的事东一件西一件，今晚还要批示交给投资方的谈判条件。他靠在转椅上揉了揉太阳穴，门"嘎吱"一响，敢不敲门直接进来的只有安诗韵了。

"下次记得敲门。"

安诗韵抱着一堆资料,噘嘴点头,卸担子似的把文件堆在桌面上,转身的时候瞟到早上就一直搁在他办公桌比较醒目位置的那盒包装精美的月饼。她抿嘴想了想,见他仍埋头工作,眼睛一眯,装作不在意地说:"我的事情做完了,先回去了,江水还在楼顶吹风。"

沈柯轩眉毛抬了抬,翻过一页。

等到关门声再次响起,办公室彻底安静下来,他放下文件,转了转脖子。

嗯,坐得有点久,需要活动活动。

天台,江水盘腿坐在长椅上,一边拿小叉子吃切成块的莲蓉月饼,一边呆呆地抬头望着那轮明月。沈柯轩左顾右盼地走到她身旁,觉得要弄出点动静。

"咳咳!"

江水侧过脸,见到来人时,嘴角挂着的淡淡微笑变成惊讶。

"沈总,你……你怎么上来了?"

沈柯轩看一眼江水,她穿得有些单薄。他双手插兜,身子侧过去望天。

江水有些尴尬,准备收拾自己的东西打道回府。

"好吧,打扰了,我下去了。"

在她经过的时候,沈柯轩忽然问她:"为什么不写了?"

她停了下来,直直对视他的眼睛,问:"什么?"

"《杏花春雨》。"在江水愣怔的时候,沈柯轩从她手里拿过东西,搁在长椅上,又解开自己的外套给她披上。

他觉得自己特别绅士。

江水觉得沈总有病。

"不用,不用,沈总,我不冷啊。"

沈柯轩耸了耸肩:"我有点热。"

"哦。"江水不动了。之前从各种细节能感受到他对自己的抵触和疏离,这几天突然对自己这么好,太可疑了。而且他居然知道自己用另一个笔名写的小说……

她的脑子里滑过一个大胆的猜想。

"沈总……你有看我的书?"她没敢赤裸裸地问出"你是我的书粉?"。

沈柯轩撇开视线,咳了一声:"没有,安导招进来的人,我需要把关,你那本写得就不好。"

江水很快就猜到是哪本,因为她用那个笔名只写了两本书。

"出版的那本不是我写的。"她拢了拢衣服,很奇妙地感受着面前男人的体温,然后理直气壮地解释,"我写的小说才没有那么矫情,那本被别人篡改了,沈总可以怀疑我的实力,可是举错了案例。"

"篡改?"沈柯轩抓住关键词,似乎有点不相信看起来挺"虎"的一个女孩子也有被人欺负的时候。

"算了,跟您说这个干什么。"

她看出他眼神里的些许疑惑甚至是不信任,冷风一吹,心里就有些怏。他是高高在上的总裁,他们这些人,身披金光,根本不懂也不屑她的生活。他们分属两个阶层,任何方式的"下嫁"或"高攀",爱情的天平都是倾斜的。

啧,自己在想什么啊。

江水甩甩头,而在沈柯轩看来,她好像是在生气,不然,为什么突然称呼他为"您"。

见他仍没有说话,她把衣服脱下还给他。

"你回去了?"

江水点头说:"我有点饿,就……去吃砂锅了。"然后半开玩笑说,"沈总要一起去大排档吗?"

沈柯轩一言不发地左右看风景,正在犹豫用什么措辞答话。

没有得到回应,江水便溜走了。

从电梯下来,再到公司大门,江水的脚步不甚轻快,只是心情略微发沉。

她有一点点，只有一点点喔——想和沈总继续待在一起，想知道他到底是个怎样的人。他今天的举动是有点暖心啦。

"嗒"的一声，脑门上落了一滴水。

江水拿包挡住头："不会吧，今年中秋也下雨。我没带伞啊。"

背后传来"唰"的一声，她一回头，正看见沈柯轩打着一柄黑伞，朝她走来："正好我饿，去吃点东西。"

江水被拉进伞下，仰着头看到他的下颌骨，线条自然流畅地延伸到略微突起的喉结，跌下"坡"是一窝能盈水的锁骨。

他整个人笔挺地站着，忽然视线向下，黑曜石般的双瞳映进她的眸眼。像被石子溅起的水花惊醒，她瑟缩了下偏开头紧紧抓住提包。

"沈总不……不用了，雨又不大，我自己能走。"

话音刚落，老天就像唱对台戏似的劈开一道惊雷。

"哇啊……"江水突然意识到自己在谁身边，尬笑着解释，"哈哈，有点吓人。"

沈柯轩眼睛眯成狐狸，嘴角却是一抹笑意："你故意的。"

"没有！"

他大步往前走。

江水在心里咒骂他一点都不怜香惜玉，只能小心地拽住他的衣角跟上。

4.

江水带着沈柯轩来到公司附近一条小巷子里的砂锅店,热腾腾的生意并没有因为雨天而变得冷清。

店里布局随意,老旧的木制桌椅磕磕碰碰,划痕也被磨得圆平。她不是不喜欢湘风鱼馆那样格调高雅的地方,只是在这种街角的平价小餐馆吃得更自在。

沈柯轩的精英行头就与这家烟火气的小店格格不入了。

江水盯着他把油腻的桌面擦了又擦,拿滚烫的茶水把碗筷洗了又洗,边上人的目光纷纷看过来。她小声提醒:"看吧,这里跟你不合适。"

沈柯轩仔细擦干水分,头也没抬:"不用你说。"

"那你还……"

"饿。"

沈柯轩一只手拿一根筷子,目光就是不落在她面上,然后装作突然发现的样子,说道:"你还没有回答我,为什么不写了?"

江水突然觉得他有点萌,故意交叠双手架着下巴,笑得甜甜的:"那你为什么会知道啊?"

沈柯轩被她突然凑近的笑脸晃了下神,他猛地低下头,可恶的女人,居然敢调戏他。

过不久，服务员钳着两碗热乎乎的砂锅上桌。江水把脸埋进热气，享受着食物的香味。满满一锅，年糕上挤满青菜、腊肠、腐竹，搅拌搅拌往下掏，花蛤、鱿鱼条、鹌鹑蛋，每一勺都有惊喜。

她边吹热气边咬了一口年糕，回答道："作死啊，双开太累了，写不动，只好暂时放放。"

热腾腾的食物仿佛融化了两人之间的隔阂。飘散的白汽中，女孩儿终于松开紧绷的神经，在他的目光底下肆无忌惮。

"明知会累，为什么还做？"

"为了生计啊。"若是往常，她大概是不会说的，敞开肚皮的时候比较容易敞开心扉，"《杏花春雨》是没有收入的，第二本总裁文才签了买断，我也只能先写有钱赚的书。你呢，是没有挣扎在生存线上的体验的，所以不懂。"

沈柯轩被一勺汤烫到舌头，接过江水递来的冰水，在她的笑声中恢复平静。

"哈哈哈，沈总，你真是饿急了吧。"

"没有。"沈柯轩看着她整个人暖融融的样子，想摸摸她的脑袋，心情也跟着变得非常愉快。

等两人都吃得差不多了，她突然有些感慨，不由自主地看着对方圆圆的脑袋和利落的短发，直到沈柯轩抬起头，四目相撞。

她咧嘴一笑掩饰着惊慌，说道："感觉跟你平起平坐吃砂锅，也是很奇妙的体验。"顿了顿，"不如沈总结账吧，我还欠你不少钱。"

沈柯轩擦擦嘴，点点头，扭过身叫买单，领口敞开一大半，露出熨烫妥帖的白衬衣。

她到现在还有些梦幻的感觉，这个人，怎么会愿意到这种地方跟她一起吃饭呢，也算是奇遇了吧。

雷雨来得快去得也快，路灯孤清地亮在路边，照着一条长阔的街。

公交车渐行渐远。

沈柯轩坐在车里，目送她离去，郁闷地点燃一根烟。

真是够大胆的啊，把他当作什么，人生的体验？

Chapter 7
沈总一紧张就折纸

1.

江水第二天早早地去上班,毕竟新人要留个好印象。

公司每日人来人往,职员守在自己的工作岗位上。在人事部报到后,江水被领到编剧组办公室。

江水心怀豪情壮志,她要在盛世干出最杰出的业绩。

办公室很宽敞,书架、沙发、茶几、储物台,一应俱全,中间隔成十几个小格子间,只听见电脑键盘噼里啪啦的动静,编剧们埋头不出。

经 HR 提醒后,有几人探出脑袋,稀稀拉拉鼓起掌说欢迎。

江水心说可以,公司与校园氛围果然不同。

她拉开凳子正要坐下，就有人叫住了她。

"哎？新来的，帮我把这个复印一份。"

一位三十岁上下的女人站起身，态度高傲地递来一沓文件，打量她几眼，没等她说话就踩着高跟鞋嗒嗒走了。

格子间有人耸耸眉毛，有人报以同情的目光，继续各安其事。无非因为不想惹事，这个女人是他们的上司，编剧组的组长。

江水皱皱眉，心里默念，以和为贵，帮别人打印一下又不是什么大事。

她拿着需要打印的文件，还以为跟校园里那样方便，交给负责打印的职员即可，但现实啪啪打脸，在面对文印室的几台机器时，她蒙了。

这个要怎么操作啊？

江水站在打印机前六神无主，她对机械设备一窍不通，附近又没什么人，她只得硬着头皮对着打印机左拍拍右摸摸，又不敢按键，生怕一个不小心搞得死机。

她正急得不行，身后传来脚步声。

"你是新来的编剧小姐姐吧？"

一个略显稚嫩的声音。

她转头，面前站着一位戴着无框眼镜看起来很学生气的男生，估计是在校生，非常清秀可爱，像那种班里成绩最好的乖小孩儿。

"啊，是的，我是江水，你是？"

"江水你好，我叫蒙敞，比你早来几天的实习生。"蒙敞伸出手与她握了握，"这个我来帮你弄吧，你看一遍就会了。"

江水顿时松口气，立刻让出位置，慈祥地点头。看来现在的大学生真懂得"尊老"。

"小姐姐，加个微信吧。"蒙敞踌躇了会儿，解释似的加了一句，"我也是编剧组的。"

她看着水灵灵的后生露出慈母笑，当然好。

"咳！"

沈柯轩不知何时从文印室前经过，手中端着一杯咖啡。

"沈总好。"

两人异口同声地问好。

蒙敞拉住江水的衣袖，说："我们先回去了。"把她从思考沈柯轩怎么会出现在这里的问题中点出来，两人抱着一堆资料准备离开。

"很闲？"

沈柯轩眉头皱起，用森冷的言语拦住江水的去路。

江水一愣，不敢走了，与蒙敞交换了下眼神。蒙敞先走了，她留了下来，说道："我没有很闲啊。"

"这不是你该做的事。"沈柯轩瞟了眼她手中的资料。

江水心领神会，虽然不知道他为什么突然关心起自己来了，但肚子里那点牢骚总不能跟他说。

"我是新人，帮前辈做些小事，应该的。"

"哦。"

见他不再有下文，视线也从她身上离开，她忽然有一种空落感，更不想被他发现，尽管他根本不会注意到。

她转头要走。

"等一下。"

好像料到或者期待这一声似的，她忙转身问道："嗯？什么，还有什么吩咐？"

沈柯轩像被她这急速的反应吓了一跳，压下欲扬的嘴角，仍摆出那副森冷的面貌——他是总裁，怎么可以笑？

"既然做事，就要善始善终。打印完之后，你要在记录本上签名。这是公司的规定。"

"哦，我知道了。谢谢沈总。"江水顺着指示找到记录本，翻到最近的记录，依样画瓢写下日期，复印张数，签下自己的名字。

她本来就写字写得多，写得快，沈柯轩一直注视她写完"江水"这个名字。

明明是个南方姑娘秀灵的名字，她写出来却显得澎湃大气。

"那沈总，我先回去工作了。"

"我说。"沈柯轩没有放她回去的样子,而是问道,"你不像忍气吞声的人?"

"我不是啊。"江水大大方方,又有点急于为自己辩白的意思,"初次见面,总得给前辈面子啊,再说我好不容易得到一份好工作,不想这么快作没了,难道沈总会……罩着我吗?"她犹豫了下,半开玩笑地问出来。

沈柯轩被这双水汪汪的眼睛注视着,心里有点痒,又说不出为什么。他撇开脸轻咳一声:"我应该跟你说过,我们没有关系。一顿饭而已,于我而言,也是体验。"

"哦。"江水给自己找补,"开个玩笑,哪敢高攀啊。"撩撩自己头发,转过身嘟嘟嘴。

沈柯轩丢下一句:"别指望我会罩你。"

江水翻了个白眼。

"我没有指望你。"她在心里说。

2.

新工作,新生活,江水很快适应了,并在第一周表现积极,主动承担点餐拿外卖、跑腿复印等一系列琐碎工作。这些都被沈柯轩的小眼线安诗韵看在眼里,打小报告说见不得她受欺负。

沈柯轩就这么看着,他就不信她是安分守己的主儿。

果不其然,第二周一开始,江水先发制人告诉同事们,她应尽的义务已经尽完,日后轮流做这些杂事,否则她没有时间忙自己的活儿。话糙理不糙,加上她笑脸盈盈的,老员工们也就顺坡下驴,除了那位上司。

半个月后,第一桩工作来了。

"哎,新来的,你把最后两场戏改改,样稿我发在群里。然后再起草一份新戏大纲,加两万字剧本正文。这些是资料。"组长吴女士往她桌上丢下一摞资料,踩着高跟鞋嗒嗒地去泡咖啡。

"哇,这么多。"江水嘀咕了声。

吴女士一个眼刀子飞过来:"哪个新人不是这么过来的,有空发牢骚,没空工作?"

江水的小急脾气立刻就上来了,不卑不亢地说:"是,组长,我自己的工作当然能做好,只不过感慨一下,怎么叫发牢骚呢。"

"你……"吴女士没想到会被怼。

江水当着吴女士的面甩下文件资料,瞅着她哑口无言,挑事地说:"组长,我打卡下班了,您也要注意休息,别饿肚子哦。"

呵,一个小小的新人还敢跟她叫板了。吴女士瞪着江水,晚上让她加班!

晚上,街边亮起灯火。

偌大的办公室内,江水孤零零地在电脑前敲字,边敲边骂,骂别人也骂自己,一时口快的后果就是加了一周的班。

她踏踏实实地想在规定的三周内把手头的工作做完。

改两场戏倒是还行,花两天时间把剧本扫过一遍,然后根据指示把原本凄风苦雨的团灭悲剧改成配角组苟活下来的喜剧就行了,顺便修改了四五处错别字和几处语病。

剩下的大工程就是起草新戏大纲,写的是一部历史正剧,要把人设背景都吃透,光看完几本厚厚的参考书就很费劲了,还要在时代背景下塑造出一对身世浮沉的怨偶。

在她焦头烂额的时候,有人推门而入。

"谁?"

江水警觉起来,老听安诗韵说沈总是个不着家的人,这么晚了总不会领导来视察工作吧?

"江水姐,是我。"蒙敌端着两杯热拿铁走来,"我今天跟吴姐说了,晚上加班把剧本改完。"

江水说声"谢谢",伸了个懒腰,问:"你不是在我们的群里说已经把工作都完成了吗?"

蒙敌点了下头,拖来一把椅子在旁边坐下,从桌上拿过一本参考书翻开目录,撕下一张便利贴。

"哦!你是来帮我的,对吧?"江水心里顿时暖了起来,"好人一生平安啊！我都快累哭了，一点头绪都没有。"

小实习生羞涩地笑了笑，把书凑近过来，指着目录："其实不需要把整本书看完，吴姐她忘记告诉你，只用看这几章的内容，我写在便利贴上了。"

江水看着一本四百页的书立刻浓缩成几十页，心头的负担顿时减轻，恨不得大呼万岁。

"太谢谢你了。你不用为组长开脱说她是忘记告诉我了，她就是给我穿小鞋。不过，我不怕。"

"你不怕？"蒙敞微微抬头，手中的笔仍在转着，"那剩下的几本书不需要画重点了？"

"需要需要，您请！"

江水巴巴地把书递上去。见状，蒙敞笑了声，说她像是等皇帝朱笔批示的太监……

这一天，沈柯轩有点饿，吩咐助理守在办公室里，自己下楼买点夜宵。

他突然想起安诗韵落在导演组办公室的镜头盖，准备帮她带回家，才走到那边，就看见斜对面编剧组办公室的门是开着的，里面传来一男一女的声音。

是那个女人的声音！

他的眉头微微皱了皱，不知道为什么，这些天他老是挂记着……一些事。

明知那个女人不是好鸟，不把他当回事，他心里却没办法不去想她，也不愿看到她和别的男人嬉笑打闹。

他倒要看看，那个女人在搞什么名堂。

沈柯轩走进导演组办公室，将脚跷在桌面上正舒舒服服看剧的导演组组长吓了一跳。沈柯轩嘘声示意他乖乖坐好，自己也安静地坐下。

近十一点，沈柯轩从桌上醒来，发现自己身上多了一条毯子，他记得这是江水的毯子。他抬眼看了看，斜对面的编剧组办公室灯暗门锁，人去楼空。

他慢慢起身，鞋子"咔嚓"一声踩到什么东西，是几只折纸，他当没看见似的离开了。

开车回家的路上，他一直规规矩矩的，只是红灯亮起的时候，忘记了启动车，被后车按喇叭。

他在想，江水在替他盖毯子的时候是不是神情温柔、动作十分小心……

就像安诗韵老爱看的那些言情大戏里的经典桥段。

第二天大清早，安诗韵在自己座位底下发现一堆不明物体，她问慢悠悠吃着早餐的导演组组长:"昨天沈总是不是坐我位置了,他干吗了,折一堆东西?"

安诗韵对自家兄长不可谓不了解,他一紧张就喜欢折东西,这窸窸窣窣折了一夜,有情况啊!

导演组组长啃了一口早餐,拿手指戳戳斜对门。

安诗韵的眼睛眯成一条缝。

Chapter 8
美女,坐跑车吗

1.

日子过得飞快,天气也渐渐冷下来。

这段时间,除了工作,江水也没注意到别的事情,只是安诗韵有事没事过来借个水泡咖啡,旁敲侧击她的感情状况。

她知道安导话里有话,只是工作太忙,没时间好好回应。

直到十一月审题会议前夕,她才扎扎实实休息了一会儿,还拐到小巷里吃了顿热乎乎的麻辣烫,又回来美美睡了一觉。她想象着自己的名字闪耀在公司的大屏幕上,这将是她来公司的第一笔业绩。

审题会议当天，江水趴在办公室的桌上假寐。

门口，蒙敞在和谁对话，其中说到了她的名字，似乎在说什么暂时不要让她知道。

什么不能让她知道？为什么？

"你们在说什么啊？"江水装作刚睡醒的样子。

蒙敞和一个平时关系不错的同事顿时呆住了，好像有些慌张。

她一眼就看见蒙敞手里拿着封面无比熟悉的剧本。

"那不是我写的大纲吗？怎么了，吴姐说有问题吗？"江水整了整衣服走过去。

蒙敞下意识地把剧本往后藏了藏，笑着掩饰："没有问题，大纲通过了，接下来就是分配任务，吴姐说前五集你来写，要把全文的基调定下来。"

江水从他闪烁的眼神中察觉到事情不简单。她视线下移，封面上本该是自己名字的地方却赫然印着吴组长的名字。

"这是怎么回事？"她把剧本从蒙敞手里抽出来，翻来覆去，也不见自己的名字，她的心顿时如坠冰窖。

又是这样，这样相同的遭遇，竟然也会在盛世这种大公司上演。

这次与之前不同的是，她感到的不是愤怒，而是无力。

长达十几秒的沉默后，江水一声不吭地回到座位收拾东西。

不是辞职，她只是心情抑郁的时候习惯整理东西。

"江水……"蒙敞小心走过来，轻咳一声。

"你不要说了，我知道你的好意，这种事情我也不是没经历过。"江水头也不抬扯出两张纸巾擦桌子。

办公室里安静得可怕。

大家默不作声，事不关己，自然高高挂起。

在短暂的无力感后，她心里又充斥着一股破罐子破摔的闷怒。

嗒嗒嗒的高跟鞋击打地面的声音越来越近，吴组长抿着嘴唇扬着下巴喜气洋洋地宣布："选题已经定好了，这段时间大家辛苦了，今天我请大家吃饭……"

"啪"的一声，江水拿书本敲在桌上的声音打断了她的话。

"吴组长。"江水没好气地看着她。

吴组长脸色一黑，端着架子说："懂不懂尊重人，你有什么话等别人话说完……"

江水故意拱火般地打断："剧本大纲是我写的，组长。"

一旁的蒙敞拉拉她的衣袖，给她使眼色。

江水不动声色地挣开蒙敞，直视吴组长："你为什么要抢我的功劳？"

吴组长轻蔑地一哼，好像见怪不怪，把自己的小提包往茶几上一丢，双臂抱胸，明显怒了。她就不信一个小小的新人敢自毁前途。

"你横什么,整个编剧组都是我带出来的人,你不感谢我的指导,还跟我叫板?"她把桌子拍得啪啪响,狠狠丢下一句,"写我的名字怎么了,你不认也得认。"

江水的火气一下子蹿上来,声势比她更壮:"明明是我熬几个晚上写出来的,你怎么可以恬不知耻地据为己有?"

"你竟敢这样跟我说话?谁给你胆子忤逆上司?"

"行!上司——"江水的声音转了一个调,拉长,嘲讽似的,"那我希望,您以后高抬贵手,不要霸占我们下属的劳动成果。"

"轮不到你来教训我!"

吴组长发了火。

江水不再理她,对她翻了个白眼后,直接冲出了办公室。

在办公室门口,迎面撞上听到动静来看究竟的安诗韵,江水眼皮抬起,说了句"对不起",两滴眼泪滚珠似的落下。

2.

"南华,你来接我吧。"

江水坐在公司食堂里,无望地给南华发了一条信息。自那次绯闻事件后,南华与她交流甚少,不再主动找她,她也只敢小心翼翼地询问近况。

这次，微信很快回复。

"好。"

江水心情好了些，旷了两小时班，肚子都饿了。

点餐回来，江水坐在角落安静地吃着饭。

对面忽然搁下一个菜盘，一个男声软糯糯地问："我可以坐这里吗？"

看到是蒙敞，江水请他坐下："一起吃吧。"

蒙敞玩了一会儿筷子后，终于说道："江水，你……现在心情好点没？"

江水抬头，被他仓鼠般小心翼翼的样子逗得扑哧一笑，说："你怕什么啊，我又不会吃了你。"

蒙敞立刻把椅子挪近一点："我觉得你好霸气啊，居然敢那样跟吴姐吵架，你没看见她的脸色，简直黑得吓人。"

"事到如今，也管不了那么多了。搞不好她今天就会打小报告把我辞掉，她反正一直看我不顺眼。哎，你说，工资会照常算吗？"江水皱眉。

"应该……照常吧，大公司不会这么没人性吧。"

江水抬头看着蒙敞苦兮兮的样子，笑道："哈哈，你胆子好小喔。你不是应该安慰我说'你不会被辞掉的'吗？"

"这不好说……"蒙敞捕捉到她眼神里一丝玩笑意味，于是附和着说,"哦!是哦,你福大命大,一定不会被辞退的。"

他扒了两口饭,小声说:"其实……吴组长压力也很大,听说,她今年如果出不了一个由她主笔的剧本,就会被降级。"

"那也不能把别人的东西据为己有吧……"

江水话说到一半,远远看见一个颀长的身影,是沈柯轩,他正朝这边走来。

沈总平时不可能来公司食堂吃饭的。

难道亲自来下遣散令的?

江水自己也说不清,反正就是很不想被他看到自己这副狼狈的样子。

"我吃完了,先走了。"她踉跄地起身。

沈柯轩在大喇叭安诗韵那里听到了江水的光荣事迹后,坐在办公室里悠悠地想着,记得她之前说过,自己的小说被别人强占了。这种事应该就是她一直埋在心底的炸弹,如今又撞上一个好大喜功的上司,于是炸弹砰地爆炸了。

各行各业水都深,行业潜规则,沈柯轩清楚得很。不过,他得从公司的长远发展考虑,如果公司要壮大继续独占鳌头,就不能跟风随大流,该整治的就得整治,不管阻力有多大。

一番思量下,他草拟了一份提案。又思来想去,是不是应该找人谈谈这份提案的可行性?

找谁呢?江水?

于是就有了他来公司食堂找江水的一幕。结果,那个小妮子不知好歹,竟一看到他就跑。

天色已黑,还飘着毛毛细雨。

"你去哪儿?"沈柯轩叫住江水。

江水停下脚步,回头见到那个顾长的身影,他那么高大,好像能为她挡风遮雨似的。

她甩甩头,退后一步,简短地说:"我回宿舍。"

他双手插兜,语气不见起伏:"嗯,正好顺路,我送你。"

江水惊讶了一下,一向冷漠的沈总居然会说出"我送你"这种话……不过,她还是礼貌谢绝:"不好意思,沈总,今天我朋友来接我。"

"男朋友?"

"啊?"

见他略显懊恼地撇开视线,她也有些尴尬,连忙挥手:"不是不是,好朋友而已。"

这时,一辆红色超跑呼啸而来,嗖地停在江水面前。

南华按下车窗,摘掉墨镜,瞥见她身边的盛世老总,贱兮兮地吹了声流氓哨。

"美女,今晚还坐跑车吗?"

江水甩过去一个眼刀,直接把包丢进车里,然后跟沈柯轩告别,很自然地坐进车里。

跑车扬长而去。

沈柯轩嘴角抽了抽,冷冷地吸了一口气,脸色沉下来。

3.

"你傍大款了?"南华打趣江水。

江水直接给了他一个"滚"字。

南华理直气壮地推理:"那你们的那位沈总,怎么还护花护到路边?"

江水翻了个白眼,又沉默片刻。

她也在思考这个问题,刚才沈总是要找她说什么吗?

"喔唷。"南华单手摆弄方向盘,倒是被这短暂的安静惊着了似的,"你不是在想他吧?"

"不是,他这个人就是一张扑克脸,谁知道他脑子里想什么。"

江水痴痴地望着窗外,路边的风景连成一片,什么都看不清,唯一确定的是那些都是好风景,只是很少有人愿意驻足欣赏。

她轻轻叹了一口气。

南华咳了一声,以为她心里为难,便说:"阿水,如果你实在不想待在盛世,我呢,就勉为其难帮你出那笔违约金,你来皇星。"

"好啊。"江水迅速答应,半点不开心的样子都没有。

她从新闻上见到南华从绯闻的负面阴影中走出,且因此又获得一波关注度,最近还跟团体一起接了个大牌的代言。如果盛世没办法待下去,她去皇星自然非常不错。

"我要是被辞退了,就抱你大腿,不过我真想把手头这部剧写完,是写给你的。"她又忧虑起来,曾经年少的时候他们许下"有朝一日我辉煌,带着兄弟一起狂"的誓言,她希望第一部戏是写给南华的——当然,最好的戏给苏一桉!

南华却不说话了,车速缓缓减慢,停在路口的红绿灯前。

"你很在意我吗?"他直直地看着她的眼睛。

"干吗!"她被他没来由的正经吓了一跳,"突然这么严肃,你可不要自责啊,我也不会心疼你的。"

南华笑了笑,嘀咕了句:"谁跟你一样没心没肺。"

4.

吴组长两天没来上班,第三天见到江水,红着眼眶比了根手指头,咬牙说了句:"算你厉害,竟劳动法务部裁议。"

"对啊！"虽然什么都不太清楚，不过江水觉得自己有理，就应该理直气壮，"我就厉害。"

但法务部什么的，这么严重的吗？她想应该是安诗韵的手笔，于是又编辑了一条微信发去感谢。

另一边，沈柯轩办公室里，安诗韵躺在沙发上晃了晃手机："哥，江水以为是我在帮忙，你不是要把田螺姑娘做到底吧？"

沈柯轩阅览着文档，只是桌上多了几只千纸鹤。

半天没有回应，安诗韵转过身，歪头杵着下巴，一边假装玩手机一边说："我告诉她喽？"

"你告诉她什么？"

安诗韵偷笑一声，装无辜地眨眨眼："说你喜欢她啊。"

"没有。"

沈柯轩停下手中的动作，端起桌上画着哈士奇头像的咖啡杯，脊背挺得很直，一双眸子紧紧盯着安诗韵，生怕她下一秒又说出什么"大逆不道"的话。他双唇开合欲言又止，最终撇过头，把一份文件抽出来搁在桌角，冷冷地说："有空说闲话，把这个案子做了。"

"不要！这个案子工程量超大，你不是允许我下个月再开始吗？"安诗韵顿时仰天长啸。

"明天就是一号，你在做梦？"

安诗韵离开后，沈柯轩静不下心，随意打开浏览页又是她的《杏花春雨》。

喜欢？

不，他怎么可能会喜欢她呢。

也就文章写得还挺好，长得也就那样，笑起来非常甜，让人看着心情愉悦，字写得大气，做事情没什么章法，性格耿直，却老是在他面前装出圆滑的样子让人不爽……

接着想起那天晚上江水坐上那辆超跑的情形，嗤之以鼻，区区一辆超跑而已，连他的座驾一半价格都不到，没眼光。

沈柯轩把咖啡端到嘴前，却一口也喝不下，按了下触屏桌面的呼叫铃。

刘助理匆匆跑了进来，在听到总裁的吩咐后，抓耳挠腮退了出去。

为什么老板的脑回路如此清奇，让他这个堂堂盛世娱乐的总裁助理，对一辆自行车下毒手！

Chapter 9
她是设计好的，她是故意的

1.

"天啊，谁把我的轮胎气放掉了！"

晚上下班，江水站在自行车前目瞪口呆，不停地念叨着世风日下，在寒冷的冬日里急得直跺脚。宿舍离公司不远，但她又不想走路，每日骑共享单车还要花钱，合计下来还是买辆自行车合算。前段时间一直好好的，只是今天不知道谁这么缺德——这招也太损了吧！

自吴组长事件之后，似乎全公司的人都知道江水背后有人，从前不打招呼的同事现在路过总要露个笑脸。

江水被这笑容搞得莫名其妙，一开始还回敬回去，后来便视而不见。她来公司又不是交朋友的，工作和赚钱最重要。至于吴组长被调到后勤，关她什么事。

"嘟嘟——"

一辆蓝色超跑从地下车库开出来，估计又是公司里哪个隐形富豪。她没有理会，心想自己还是走回去算了。

"自行车坏了？"背后的声音很是耳熟。

沈柯轩下了车，好整以暇地站在那里。

江水搜寻着共享单车，气呼呼地说："是啊，不知道谁这么缺德把我车轮胎的气给放了。公司这里有监控的吧？"

沈柯轩不自然地吸了吸鼻子，见她走到一辆小黄车前，他向前走了两步："我送你。"

"不用，沈总，我宿舍离公司也就几百米。"

沈柯轩皱了皱眉："不可能，我看过公司建筑图纸，直线距离大概两千米。"

江水心里一"咯噔"，这位沈总貌似听不懂礼貌的拒绝用语，这时手机刚好"嘀"的一声，扫描共享单车成功，她心里定了定："没事，我骑单车回去。"可是屏幕一闪，跳出"车辆故障"的提示。她举目四望，还有好车多，赶紧换了辆，一扫，又是坏的。

一连扫了六七辆，都是坏的，她今天手气绝了。

"都坏了？"沈柯轩想给刘言加工资。

沈总居然还站在那儿，江水都觉得有些不好意思："沈总……你先走吧，不要等我……"

他抬头望了望，直接把车门打开，说："天黑了，我等下还要去接安诗韵，上车。"

明明他的话带着命令的味道，语气却是……该死的温柔。江水愣了会儿，不好意思再回绝，犹犹豫豫地说："那……那麻烦沈总了。"

沈总坐上驾驶座，嘴角微微上扬，后一瞬又严肃下来。

车里，气氛安静。

江水觉得时间漫长，偏偏沈柯轩这个一看平时就很少开车的大老板挑了条最堵的路。

江水发现沈柯轩透过车前镜看她，回看几眼，总觉得他有话要说，又总不开口。她只好随口找个话问："沈总买新车了啊？"

沈柯轩好像目的达成似的，轻飘飘地开口："柯尼塞格，不常开。"顿了片刻，有意加上一句，"两千吧。"

"你一定省略了一个万。"江水面上微笑，心中爆粗口。

沈柯轩略显得意地笑了笑："我觉得外形比法拉利要好，我也不喜欢红色，显得很浮夸。"

"是挺酷炫的。"江水奉承。红色的法拉利？南华的车不就是？所以，他这是在跟南华较劲吗？为什么呢？难道是因为直男的胜负欲？她豁然开朗地点点头。

这时，她注意到车上搁着的一个纸巾盒，纸巾盒上的图案令她很讶异："沈总怎么……用'二哈'图案的纸巾盒？"她一直认为他用的东西跟他本人一样很严肃。

沈柯轩望了一眼，眉头舒展开："那只'二哈'叫大胖，我把它的头像做成logo。"

"啊？大胖是你的狗？沈总你也养狗？"

沈柯轩点点头。

江水拿起纸巾盒左右打量："好可爱啊！真的没想到，我养了一只柯基……"

"模特，我有印象。"车子驶进员工宿舍大门，停在一栋楼下，这时，她的宿舍阳台上传来几声激动的狗吠。

"哎？你怎么知道，你见过我家模特啊？"江水下了车，指着阳台上活蹦乱跳的狗狗，"每天看见模特等我回家就很开心。"

"同感。"沈柯轩笑了笑，"它很淘气。"不动声色地跟着江水上楼梯。

江水越走越感到不对劲，转头发现他竟然跟着，倒吸一口凉气："沈总……你你……你要去我家吗？"

沈柯轩皱了皱眉，略显吃惊地说："这是基本礼仪，我送你回家，你要请我去你家坐一坐。"他的重音放在"请"字上，好像她不请就是她的不对。

"行吧。"江水局促地加了一句,"可我家特别乱。"

"没事,我口渴。"

言下之意就是喝口水就滚。江水放心很多,脚步轻快地走到门口,抽钥匙,开门。

见到屋子里的情形,沈柯轩努力使自己的表情显得和善,其实小有洁癖的他立刻想拔腿就跑。

太乱了,茶几上满是零食残渣,餐桌上居然还有吃完的外卖没有收拾。不过,里面的装饰倒是很温馨,黄澄澄的向日葵窗帘,沙发上铺着暖融融的龙猫毯子,墙边摆着褐色小狗屋,狗粮撒了一地。

江水忙不迭地跑去收拾椅子上的衣物,模特屁颠屁颠地跑过来,尾巴连着小圆屁股一起摇,突然意识到有陌生人,警惕地对着沈柯轩吠叫。

"模特别叫啦!他是我老板!"江水赔着笑腾出手揉它的狗头,从地上摸了一粒狗粮指着沈柯轩说"恭喜",模特屁颠屁颠跑到他面前勉强撑着胖乎乎的后腿敷衍地作了两个揖。

沈柯轩蹲下身来,温柔地说了声"乖",手在狗头上抓了两把。模特突然很狗腿地倒下,露着圆滚滚的肚皮撒娇。见状,沈柯轩忍俊不禁。

江水简直不相信自己的眼睛,刚刚总裁是……笑了吗?他的眼神好温柔。

沈柯轩嫌弃地瞥了江水一眼,问:"狗粮呢?"

江水从厨房里提来一袋即将见底的除泪痕狗粮,那牌子让沈柯轩有些不爽。

"这个牌子的狗粮不好。"沈柯轩摸出几粒小饼干摊在手心。

模特嗅了几鼻子,乖巧地嘎嘣嘎嘣咬下去。

江水从厨房探出半个身子:"我觉得还好啊,而且是南华以前代言的狗粮。"缩回去,嘀咕了句,"我都忘了杯子放在哪里,难道在上面的柜子里……"

沈柯轩放下那袋狗粮,跟着进了厨房,意外地见到一个比样板间还干净的厨房。见她搬来小板凳去够上层的碗柜,他随意地打开冰箱,然后不可置信地皱起眉头:"什么都没有?"

江水边踮脚边扭头:"里面一瓶饮料都没有,吃的也没有,我自己一个人住很少做饭。"

沈柯轩偏过头,视线被她奋力拉长的侧身曲线吸引住,默默偏过头,有点脸红。

江水努力伸手去拿一次性纸杯,忽然,从身后罩下一片阴影,余光瞥见沈柯轩站在那儿,也伸出手帮她拿纸杯,只是他的手若有似无地擦过她的手背,她浑身一颤,手迅速缩回,低下头慌乱地跳下板凳,不料一脚踩空。她发出一声尖叫,整个人往后倒下去。

她闭上双眼,身体却落入一个宽厚的怀抱,"哐"的一声尘埃落定,两人一起倒在地上。

江水睁开眼,发现自己压在沈柯轩身上,两人靠得很近,呼吸纠缠。

她吓得赶紧站起身,环在腰间的手却施力把她按下,令她再一次砸进他的怀里。

？？？

"头痛……"地上的人虚弱地飘来两个音。

"沈总哪里痛……"

沈柯轩指了指脑门,原来刚才倒下的时候,被厨台上的一个小锅砸了一下。

沈柯轩的脑门上以肉眼可见的速度鼓起一个包,地上摆着那个罪魁祸首,她赶紧把它收上灶台。

她扶起沈柯轩,面红耳热地说:"不好意思,你忍一下,我去拿点药。"

她跑回房间翻箱倒柜找到一瓶祛瘀的中药膏,半跪在地上,拿棉签小心翼翼为他擦拭。

沈柯轩"嘶"了一声,忽然发现她的脸近在眼前,一双湿漉漉的眼睛认真地盯着他,淡粉色的嘴唇半开着,露出洁白的门……

他不知为何呼吸急促起来，转移视线，却发现她身上那件宽松的毛衣有点垮下来，隐隐约约露出胸部的线条……

沈柯轩脸一热，把她领口往上一提，囫囵道："我回去了。"然后迅速起身，冲出房门。

江水抓着自己刚才被上司往上一提的领口："？？？"

沈柯轩双手握住方向盘，听见模特那只小狗在阳台叫，脑子里又出现刚才那幅有些暧昧的画面，他哼一声扭过头，油门踩到底。她都是设计好的，她是故意的！

2.

江水当晚窝在被窝里搜索"被男上司性骚扰了怎么办"，结果却跳出一条：苍蝇不叮无缝的蛋，女下属不要在上司面前搔首弄姿穿着性感。

有病吧，她穿着大毛衣，也没有凹造型。哼，再也不查了。

近日，公司里流传起一个八卦——沈柯轩要捧林婳。

"总裁2"这部大戏沿用江水的剧本，由盛世主导，皇星赞助。两大公司高调宣发，且所有配置全是一线级别。而这一切的准备，都是为了捧红两大公司最具人气的小花，当然，最主要的还是林婳。

公司给编剧组的任务是将女主任幸这个角色从头到脚与林婳本人切合——这可是沈总亲自下的命令。江水想,沈柯轩这么照顾林婳,看来林婳的美人计成功了呀,否则,她实在想不到,还有其他什么原因。

总不可能是为了对家公司的小花南华吧……

嗯?好像也不是不可能啊……江水脑洞大开,思路越走越偏。正想着一些脑洞情节时,一阵做作的咳嗽声将她拽回了现实!

"哎呀,南华,出来啦?"江水被进到办公室来找她的发小喊回神。想起刚才的推测,她一脸淫荡地拍他的肩。

见她这表情,南华眯起眼睛骂了声:"你又在意淫什么!"

南华穿了件卡其色风衣,脚踏一双马丁靴,简直是光彩夺目。

同事们开始窸窸窣窣地议论,用八卦的眼光看向两人。

江水简单地向同事们介绍了一下两人的关系,然后,南华很自然地对她说:"走,我们下楼吹吹风。"

开完会,沈柯轩坐在自己办公桌后折了一朵玫瑰。不知道想到什么,他浅浅一笑。他确定她对他是有非分之想的,否则怎么可能在一个英俊的男人面前故意低下领口……而且,她以前就借着酒劲亲过他。

其实江水这个女人,一点都不令人讨厌嘛,尤其是她笑起来的时候，甜得让人融化。

他抬头捏了捏桌上印着大胖头像的狗粮，猛敲铃。刘助理一进门，他就说："刘言，把那个谁，江水叫过来。"

刘言觉得总裁越来越不靠谱了，经常一个人发呆，时不时冷笑又迅速板起脸，而且特地让他把宠物品牌运营官从欧洲叫回来，就为了两袋最新研制的狗粮。

刘言很想苦口婆心地劝劝，老总让他管理公司不是让他糟蹋的，更不是为了给他泡妞。他摸摸脑袋："小沈总，你说江水啊？刚刚我看见她和皇星那个小明星一起下楼了。"

沈柯轩的表情凝固了一瞬："谁？"

"就是南华，皇星的那个。"

沈柯轩下意识地捏紧手中的纸玫瑰，然后丢进垃圾桶。

"嗯。你出去吧。"语气冰得让人不寒而栗。

皇星那个小明星，看来得对他使点手段了。

公司楼下。

江水和南华两人坐在长椅上，讨论了下一部戏的细节。一阵风吹来，江水打了个喷嚏，南华脱下外套给她披上。

一粒红色的火星丢在地上，正好靠着大树欣赏月色的沈柯轩气鼓鼓地踩灭烟蒂，然后走过去。

正聊得火热的两人猛地感到一阵阴风吹过,江水率先转头,就见到了沈柯轩那张比罗刹还冰的脸。

"哎,沈总好……"

"嗯。"沈柯轩瞟了一眼,犀利的目光落在南华身上,"你过来,你的剧本再跟林婳合几次。"

南华很吃惊:"沈总,刚才会议上我们就剧本理解已经达成一致,怎么突然又要……"

江水抓抓头,不敢吭声,总感觉现在的沈柯轩特别恐怖,一点就爆炸的那种,看来他对林婳还真的是宠爱,谁都要围着林婳转。

"安导的意思。"沈柯轩以最快的速度把锅甩给安诗韵。

"哦,这样啊。"其实南华对安诗韵的印象还不错,她人很负责,做事认真,没理由不给她面子。

南华回头对江水说:"那你先回去吧,我可能又得熬通宵了。"

江水大度地点头,态度亲昵对他嘱咐了几句。

沈柯轩的脸色变得更难看,把南华叫住,冷声说:"慢着。"他扯下披在江水身上的外套,往南华身上一丢,"衣服别忘了。"然后冷着脸转身离开。

江水心说沈柯轩抓人就抓人,扯她衣服干吗,然后转念一想,刚才身上披着的衣服，是南华的……

她望着两人一前一后的身影，脑子里忽然打了个激灵……

很奇怪耶！

难道是吃醋？吃谁的醋？南……南华？

所以说？他到底是宠爱林婳还是另有目的？

呃……

"江水。"

一个很耳熟的女声在背后叫她。

江水回过头，一位身材高挑的女人裹着薄款羽绒服，戴着黑色口罩，手里拿着剧本。

她认出对方是谁了。

"林婳？这么晚了，你还没回去啊？"

林婳从容地走到江水面前，仍是那种傲慢却习以为常的语气："找个地方，再和我沟通一下细节吧。"声音有些疲倦。

会议厅里。

好久没和林婳单独相处，今晚再见，她看起来比之前要沉静许多。此时，她的口罩已经取下，没化妆，鸭舌帽压得很低。她低头翻剧本，时不时拿笔做些记录。

总觉得，她和那日在酒店中看到的不太一样，认真、灵秀，是一种看破红尘的模样……

江水害怕气氛尴尬,一时不知怎么开口,还好林婳率先打破了沉默。

"江水,我这里还有几个细节不懂……"

"哪里?喔喔,这里是表达……"江水自然地坐到对方身边解释。

林婳悟性高,与江水一来一回,对剧本的了解更加深入。

江水与林婳又解释了一遍女主从头到尾的心路历程,林婳在剧本的边边角角做了很多笔记。

看得出来,林婳对这次的角色非常用心。

两人讨论完,江水看着一遍一遍日臻完善的剧本,有种莫名的成就感。

眼看时间不早了,江水打算告别,林婳却并不急着起身,突然问:"你跟那个皇星的南华很熟?"

"嗯?"江水一愣,又马上反应过来,也不卖关子,如实回答,"我们是邻居,从小一起长大,算是发小。"

林婳点点头,直率地说:"他刚出道,各种经验不足,第一次就与我对戏,我想,他应该不是花瓶吧。"顿了顿,沉下声音,"毕竟,你知道,我很重视这次的戏。沈柯轩一直在为我造势。"

江水清醒许多,突然闻到了浓浓的火药味。

平心而论，虽然南华的演技稍显生涩，但是镜头感很强，对情绪的把控不做作，潜力很大。

"这点你放心，南华不是花瓶，他对待工作一点都不马虎，因为我们都知道现在的机会来之不易，可能他看起来有点没个正行，但是作为新人，他一定会努力配合你。而且试戏的镜头你也看到了，他真的有用心对待。"

林婳抬头，略有深意地看了一眼江水，又迅速把头低下去。帽檐遮住了她本来就不大的脸，也看不出她脸上的表情。

"啊，这样啊。你对他倒是很亲近。"

江水总觉得她语气不对："我们是好朋友啊，所以……你在担心什么，他又不会抢你风头。"

林婳抬起头，眼眸亮晶晶："那是当然。"随后叹了一口气，"唉，我已经在爱情上失败了，不能再在事业上跌倒。"

3.

这几天沈柯轩似乎不常在公司，江水找安诗韵汇报工作，她无意中透露消息说，沈柯轩这两天跟南华走得很近，经常送他去赶通告什么的。搞得现在公司暗地里都开始怀疑沈总对她家南华目的不纯了。

江水嗯嗯点头，眼神放光。

安诗韵有苦说不出，只能追着她赏栗暴。

"哎呀，安导，爱情是不分性别的，你只能选择成全。"

"我又不是说这个，我是说……"

"哪有不偷腥的猫，再好的对象都不可靠！"

"啧，江水你这个人啊，什么东西从你嘴里出来都没好！"

江水及时溜掉，安诗韵一个人待在办公室里越琢磨越不对味，什么叫"再好的对象都不可靠"？她男神是南华没错，江水也知道，可他又不是她对象。难道这个死江水以为……沈柯轩是她……拜托！沈柯轩是她亲哥哥哎！

再说，她哥的心思那么明显放在谁身上，她还看不出来？

安诗韵心想，等忙完这阵就抽个时间跟傻江水说清楚。

过了几天。

江水如往常一样来上班。

到公司门口刷卡进门，看见几个前台妹子窸窸窣窣地说闲话：

"刚楼上的同事说今天有八卦！"

"什么八卦？"

"听说我们沈总啊，要对皇星那个明星下手了……"

江水觉得奇怪，沈柯轩对皇星那个明星下手？那个明星是谁啊？沈柯轩为什么对别人下手？

江水边想边走到电梯口。

"叮咚——"电梯门一开,迎面走出来的是沈柯轩的助理刘言,他一手提着印有宠物头像的袋子,一手抱着一个巨大的礼品盒子,深粉色外壳,打了个紫色的蝴蝶结。

"刘助理好。"江水甜甜地打招呼,"这个……你去寄礼物啊?"这个礼物的颜色也太女人了吧。

"是的。"刘言非常疲惫,因为他一路下楼一路被问过来,于是程式化解释,"是沈总送给南华的。对,就是那个选秀节目出来的,皇星那个小明星。"

"啊?那沈总……"

"沈总怎么想的,我也不知道。"

说罢,刘言匆匆走了。

南华!又是南华!

江水瞪大双眼,吃了一惊,怀疑自己是不是发现了什么不得了的事情。沈柯轩送那么女人的礼物给南华?

走进办公室,打开电脑,新建 word,她忍不住将刚才的见闻分享给同事。

没想到沈柯轩在公司的人气是真高,这事早就传开了。

"我们沈总真的很奇怪,我工作也有半个月了,还是第一次见他给别人送礼盒耶!"

"作为老员工,我可以郑重地告诉你,他以前也没有。"

"那个包装看起来就很精美,不知道里面装了什么。"

"情……情趣套装?"

"江水,你闭嘴。"

江水缩回脖子,收起淫荡的笑容。算了,她从同事这里套不出什么来,可以直接去套南华的话啊!

午饭期间,江水见南华在朋友圈发了张"收工回城"的照片,于是打通南华电话。

她开门见山地问:"戏拍好啦?收工回家啦?沈柯轩送了你什么啊?"

"啊?"南华的声音有些迷茫,"慢着,一个一个来,我困呢,神志不清。"

江水嘿嘿笑两声,挑重要的说:"沈柯轩送你礼物啦?"

那边南华打了一个哈欠,懒懒地说:"啊,是的吧,羡慕不羡慕?"

"这样啊,嘿嘿嘿……"

听到坏笑声,南华清醒了很多:"你这个笑声,不太对啊。"

"嘻嘻嘻嘻嘻……"

"收!"

江水索性爆笑:"收不住啊!请问你们进展到哪一步啦?"

进展到哪一步?反应过来的南华气急败坏地一连爆了几句粗口:"你想什么乱七八糟的,听我解释……哦,不,你现在出来,我到你们公司了。"

"噢……不过,你到我公司来干啥?"

"你出来就对了。"

江水吞下最后一口饭,兴奋地收拾碗筷,像狗仔接到劲爆消息一样飞奔到公司门口。

不远处,一辆黑色豪车正停到路边,仔细辨认,是总裁那辆阿斯顿马丁。车门一开,竟是南华从车里走了出来。他向江水招招手,几步跑了过来。

"南南……南华?"他怎么从沈柯轩车里出来?

南华由于刚拍完一场打斗戏,脖颈处有几处瘀青。他又在车里刚睡醒,衣衫比较凌乱,领口的两枚扣子已不翼而飞。整个一副被欺负了的样子嘛!

江水的表情逐渐凝重起来,她搓搓手,不知道该伤心还是该兴奋。

"小花。"她郑重地叫一声。

她这样子让南华一个激灵:"咋……咋?"

"小花,我想你是解释不清了。"

南华咆哮着解释:"不是的!不是这样的!你脑子里究竟在想什么呢?"

江水兴奋地反问:"哎哟,我又没说什么,是你在想什么呢!"

南华欲哭无泪:"你说你小小年纪,脑子里都是什么东西,沈总他只是顺路接一下我啊,事情就是这么简单,人与人之间的关系就是这么淳朴,是这样的,正好我有东西要带来给你,喂!眼神不要这么邪恶!别不信!你不知道昨晚发生了什么……"

"昨晚发生了什么……可、可以跟我这个未成年说吗……"

昨天晚上。

南华被沈柯轩叫走,本以为会回到公司讨论剧本,结果他被沈柯轩带到了公司后面的小树林里。

夜黑风高,小树林黑黢黢,静悄悄……

突然,火星一闪,沈柯轩点燃一根烟,又递给南华一根。

南华摆摆手拒绝:"不抽烟,要保护嗓子……"多嘴问了一句,"沈总您,抽得凶吗?"

"不是很凶。"沈柯轩把烟拿开,后知后觉地问,"怎么了?"

"没怎么。"他只是想到从小就厌恶烟味的江水,"听江水提过。"

"她怎么说?"有关江水的话题,他好像都不愿意绕开。

"说什么？"南华意外地听到沈总问起江水，回过头见沈总的眼神竟然还挺认真的，凭他出道至今的演戏经验，八成是陷入恋爱的漩涡。他心里有了底气，便故作支吾状，"呃……是这样的，她不喜欢烟味，有点过敏性鼻炎，她爸的烟瘾就是被她逼停的。"

沈柯轩的手僵了一下，偏过头吐出烟圈，然后把烟弄灭了。

"是我考虑不周，不知道底下员工的情况。"她在他面前居然从未表现出来，看来她心里对他仍然存在距离感。这样他怎么了解她、接近她。

而且，为什么她身边的男人比他要了解她，这让他很不舒服。

"你还知道，她说我什么？"

南华挠了挠头，想到江水私底下对沈柯轩描述最多的一个词："扑克脸？"

"什么？"

"就是说你面无表情，态度冰冷，拒人于千里之外的意思吧。"

沈柯轩摸摸自己的脸，才知道自己在她心中的形象。这点，安诗韵以前对他说过，所有人看见他的冷脸都不敢作声，劝他和煦一点。可是，别人怎么看，他又不放在心上。嗯，下次注意些就是。

啧，这江水和南华的关系非常密切啊——上次绯闻事件，南华第一时间为江水站台澄清，而南华一有什么风吹草动，江水也是十分操心。一个冉冉升起的新星和一个羽翼渐丰的编剧，互相扶持，彼此信任，还不忘本。是朋友，还是……情侣？

他又冷下脸来，双手插兜，看似漫不经心地问："你们什么关系？"

呵，狐狸尾巴总算露出来了吧？南华心里想着，这三更半夜的，约到这么不正经的地方来，能有什么正经事。哼，原来是向自己打听江水。亏他是盛世高高在上的总裁，竟然表现得比他还生涩，玩旁敲侧击这样的把戏。

南华便不乖了，老气横秋地眯起眼："我们什么关系，沈总为什么要关心？"

沈柯轩一副没有什么耐心的样子："你不需要知道。"

"唔……"南华点头，"那我也没必要藏着掖着，毕竟事实就摆在那儿，我们俩的关系啊，特别密切，是一条裤子穿到大……啊！应该算是青梅竹马吧，啧，你懂吧，就是那种，可以为对方上刀山下火海的感情，哈，当然也没那么夸张，我们之间有不用明说的默契，她呢，负责我不让人欺负，我呢，负责对她这个生活不能自理的巨婴进行监督和照顾。"

南华故意说得很夸张，他们之间的感情可是第三者插不进来的。他这样说，就是为了试探沈柯轩。

他当然希望发小能有段好姻缘。

沈柯轩摆手打断，不太想继续听下去的样子，又有些失落。

他说的，青梅竹马，不用明说的默契，相互保护和照顾，这些都不是他，而是另一个男人。他听着，心里像被扎入一根针，刺痛着。

"好了，我知道了。"沈柯轩的眸子更加黑沉，声音更加森冷，"她以后，由我照顾。"

他一说完，自己也愣了片刻。

南华无端觉得脊背发凉，他的语气和他的眼神，太可怕了，好像自己不同意，就会被他分分钟置于死地。

沈柯轩拿起文件夹，翻着，纸片的声音刮着硬壳，让南华心里一咯噔，生怕沈柯轩做出什么不理智的事情来。

沈柯轩将一个东西递过来。

南华定睛一看，是一份合同。他轻飘飘地吹了一声口哨，自己在瞎想什么！

"听说南先生的经纪团队最近在谋求与知名品牌合作的机会，这个是我集团旗下经营的，轻奢化妆品的代言合同，你签一下。至于试用套装，明日会到。"化妆品是安诗韵做的，南华也是她死皮赖脸求他签的，跟他没关系，他只是做个顺水人情，顺便收买人心。

哇，这么好！

知名品牌的代言合同呀，看来，他是沾了江水的光啊。

南华道谢着接过，头歪了歪，又多了一句嘴："沈总这是要收买我啊？"

"不是，我只是看中你的流量和潜力。"

沈柯轩强压着烦躁，要不是因为那两个女人，他不用站在这里听别人屁话。

南华不怕死地继续油腔滑调："那沈总啊，我帮您在我的阿水面前美言几句？"

沈柯轩的脸又黑沉下来，他一字一顿地纠正："她不是你的。"

"她现在也不是你的。"南华脱口而出。

一阵沉默。

沈柯轩忍住撕烂合同的冲动，重新回归理智，冷冷地说："今天的事，我希望你不要向她透露半点信息。"免得她以为他在背后使手段。

"好的，那就看沈总的诚意够不够了。"

"你还想要什么？"

"嗯，说点实在的，模特的狗粮快吃完了，要不沈总替我做个顺水人情？"

"可以。"这倒是说到他心坎上了。沈柯轩赞许地望了南华一眼。

南华心里也松了一口气，怎么说，不要被沈柯轩列入枪毙名单就好。

Chapter 10
摩天轮里有八卦

1.

沈柯轩在车库停好车走过来,看见了不远处的江水和南华,他们俩似乎在说话。

他冷着一张脸走到南华身边:"在说什么?"

他努力调整表情,希望使自己在江水面前看起来不那么可怕。同时暗示南华不要把昨天的谈话内容说出去。

江水觉得今天沈总的表情好别扭。见到沈总,南华却立刻收住话头,回过去一个眼神,浅浅一笑。

画面是如此和谐……

所以,刚才他们是相视一笑?

难以置信,平时做个表情比登天还难的沈柯轩居然会为了南华笑?

嗯,有情况!

眼前的画面是如此美好,在男人当中,沈柯轩的身高、长相算是非常不错了,冷峻、高傲,典型的霸道总裁,而南华,天生一只汪汪叫的小奶狗啊,笑起来多么傻白甜……

啊啊啊……可以想象,小南华穿着沈柯轩大一号的衬衣撒娇娇的画面……这两人,真是越看越般配。

见江水走神,南华不停地喊她:"江水,江水,你醒醒……喂!江水!"

"啊……啊我在呢!"江水回过神。

南华拿出一样东西说:"看见没,我说了是给你带东西,这个,苏哥前几天去东城区的游乐场拍戏,老板给了他金卡权限,就是在双休对外闭馆期间,针对公众人物的专人接待权限。他自己留了一张,其他都送给我了。我看你也闲,过两天陪我去坐摩天轮吧,本市最大的,你肯定很想去。"

他们从小就说好了,苟富贵,莫相忘。约好了,长大后的某一天,去坐摩天轮,看最广阔的世界。

"哇啊啊!当然想去!我五岁时候的生日愿望之一啊!难为你替阿妈记得了。"江水捏着金卡高兴得嗷嗷叫,"太好了,平时去都是人，双休肯定没人排队啊！啊啊啊，我男神怎么这么好！"

"怎么回事，明明是我好行不行！"南华嚷嚷。

"我爱苏一桉！"

"……"

沈柯轩还没走远，一不小心听到两人的对话，可以说是一肚子闷气了。她竟敢，当着他的面，说她爱另一个男人，嗯？

还有，那片游乐场，最大的股东，就是他，票也是他给经理的。结果，经理送给苏一桉，苏一桉又转赠南华，现在好了，南华带着他给的金卡约江水！

哼，绝对不允许他们单独相处。

2.

两天后。

东城区，游乐场。

平常开园的时候，这里人山人海、锣鼓喧天。此刻，园区闭馆，里面安安静静，还能看到衔着松果蹦蹦跳跳的小松鼠。

偶尔出门放松，找找灵感，对写作还是很有帮助的。

江水一直没时间，也没钱来这里玩。这下好了，终于有机会享受被金主包养般的乐趣，畅玩游乐场！

到了约定时间，江水和南华碰头。

"你这两天这么闲，没戏拍吗？"江水忍不住问。

"你不也闲……哦，这两天休息。"

江水打量他几眼："哎哟喂，今天穿得挺帅气啊。"

"那是，我每天都很帅的好不好。"南华接过她的包，"还有，我不闲的好吗！如今我已经算很红了，就这两天休息时间呢！"

"好好好，你跟苏一桉一样红！"江水拽着他走向摩天轮，边走边说，"不过我很好奇，苏一桉怎么对你这么好喔？"停下来打量几眼，"你这是什么吸引男人的气质？"

"什么玩意儿？吸引男人的气质？你说的什么鬼话！气死我了，你一天不毁我清誉就会死是吗？苏一桉女朋友都换三任了你不知道吗？他作为公司里的前辈，对我们这些后辈都是很好的……"

江水掏掏耳朵："哇，这个摩天轮好高啊，而且没人排队，今天的游乐场果然被我们包了！"

"呵呵，转移话题的能力倒是一流。"

高大的摩天轮静静地转着，到了最顶端就能看到整个城市，就好像把世界收入眼底。

"爽不爽，哥们义气不义气……"南华嘚瑟着。

江水觉得不刺激："哎，南华，要不我们去坐过山车吧！"

反正今天闭馆，没人排队，坐完摩天轮，再去玩点刺激的。

南华脸色顿时吓到惨白，要知道，此游乐场的过山车那可是拥有吉尼斯纪录的……

"不了，不了，狗命要紧。"

"哈哈哈，你个垃圾，要是以后拍戏要你坐怎么办？"

"不会吧，苏哥说尽力而为，不要勉强自己。"

江水抓到他话中的关键点，故作沉思："唔……你现在一口一个苏哥的，叫得够亲密啊。"

"啧，我真是懒得跟你说……"

快到摩天轮的时候，发现那里围了一帮人，江水扫了南华几眼，指着说："那边不会来了什么明星吧，看看你自己，出门没个阵仗。"

南华无语："现在这里闭馆呢，没几个人，谁带阵仗谁是大傻子。"

两人走近，江水突然发现那边站着的一个大傻子有点像……

"沈柯轩？"

那位被保镖、助理簇拥着的，在绿化带边踱步的白衣大佬，正是沈柯轩。他淡淡转过身看了一眼，与江水打了个照面，嘴角微微勾起。

江水硬着头皮迎上前去打招呼："沈总好，你怎么在这里啊？"

"不可以吗？"

一句话结束话题。

江水只好干笑："哈哈哈，那……你也有金卡啊，你来坐摩天轮？"

沈柯轩瞟了一眼南华，盯着江水说："我是集团的股东，想什么时候来，就什么时候来。既然，正好你们也在，那就可以给我做个反馈。我们游乐场内测期间，所有的游乐设施都需要进行多次评议。"

这回江水小脸刷白，压着声音叫道："所有？沈总，您怕是高估我们的承受能力了……"

"有吗？"沈柯轩走到他们面前，嘴角一扬，"不是有朋友在，有什么不可承受？"

南华指着自己鼻子一脸无辜："关我什么事……"

江水脑子转了转，嘴角扬起，昂脸叉腰："是啊，只要有人在身边，当然不害怕了。那么……沈总你敢不敢啊？还是说，沈总就算有人陪也不敢呢。"她特地往南华那边瞟几眼，意思是我就帮到这儿了，你好好把握机会。

南华狠狠地回了一个眼刀子。

沈柯轩见他们眉来眼去，气得一时语塞，咬了咬牙："怎么不敢？"

助理刘言拉拉他的衣袖。

沈柯轩暗暗甩开,沉声说:"上去。"

南华观察细致,看看江水,又看看沈柯轩,眼睛一眯:"哟,沈总,你要是有什么难言之隐,就不必勉强自己了。"

"哼。"沈柯轩没再说话。

这声傲娇的"哼"一出来,江水的内心顿时澎湃!

妈耶!他们刚刚四目相撞的眼神啊,火花四溅的味道也太浓郁了吧!

瞧瞧沈柯轩这傲娇样儿,就经不起南华的激将法。

沈柯轩不动声色地走到二人中间,把江水和南华隔开,挑衅似的看了江水一眼。

唔……可怕的占有欲……

摩天轮上。

沈柯轩和南华不动声色。

沈柯轩见江水异常兴奋的样子,肯定想不了正事,不屑地望向窗外。

碧蓝的天空,白云朵朵如棉花糖,城市铺垫在脚下,繁忙、喧嚣,全抛在脑后。

他收回视线,不知道过了多久,他脑袋开始发晕。

要不是因为江水,他怎么可能来游乐场这种地方,还脑子一热,坐上了摩天轮,他不是恐高,也没有什么密闭恐惧症,只是这两者放在一起,外加有位不速之客,他心里越来越不舒服。

"沈总,你怎么了,脸色不太好?"

"没有。"

江水看出沈柯轩的异样。

他双眉紧锁,嘴唇紧闭,好像很不舒服的样子,回了她一句之后,他一头栽倒,好在身边站着南华扶住了他。

被砸到肩膀的南华一脸蒙,不知道怎么回事。

为什么被连累的总是他?

江水首先反应过来:"快做人工呼吸……"

南华:"啥玩意儿?"

"不是,你快按住他的人中,拍他的脸,离地面很近了……"江水自己单膝跪到地板上,使劲托住沈柯轩的脸拍得啪啪响,"沈总,你别睡,不要睡……沈柯轩!你清醒一点!"

真是要老命了,这沈柯轩可不能出事啊……要不然倒霉的就是他们俩。

"愣着干吗,快跟我一起打他!"江水瞪了南华一眼。

南华"哦"了一声才反应过来,觉得江水有些过分紧张。

3.

从摩天轮下来,沈柯轩坐在游乐场的长椅上休息,或许他才是高估了自己的承受能力。

很快有医护人员将他团团围住,又是测血糖又是量血压。

站在外圈的江水看着这个画面,由衷地发出感慨,还是个"病娇娇"啊。

突然,人群让开一条道,沈柯轩在里面招手:"江水,过来。"

江水像走小型红毯一样局促地走过去,看了看脸色苍白稍微回了点血的沈柯轩,心里讥笑,轻咳一声:"沈总有事吗?哈哈,感谢我的救命之恩,不用客气,应该的。"

沈柯轩面无表情,沉声道:"你的手劲儿,挺重。"抬起头,脸上隐约挂了几条淡淡的手指印。

江水一愣,突然觉得他有点可爱,立刻嫁祸给南华:"啊,这是南华的功劳……"

南华挤进来,及时止损:"你别想推给我,谁手劲儿重谁知道,跆拳道练到黑带的也不是我。"

"快别说……"

沈柯轩小小震惊片刻,神色如常,看看手表:"我先走了。"然后叫上助理一起离开。

江水望了一眼沈柯轩离开的背影,不知怎的,心里怅然若失的。

"哟，舍不得啊？"南华贱贱地问。

"哪有！"

沈柯轩走了几步，顿住脚步回过头看他们，两人斗着嘴走远了。

他抿嘴一笑。

难得的忙里偷闲，江水和南华玩到夜深才走出游乐场。

正要叫车，江水眼尖，发现了停在门口那辆嚣张又拉风的蓝色超跑。她突然紧张了一下，不会是沈柯轩的车吧。

车窗摇下，果然是沈柯轩。

路灯下，江水很诧异："沈总，你……还没回去啊？"

沈柯轩从车里走下来，淡淡地回："回去了，出门办事，顺路回来，正好看到你们。我送你们一趟吧。"

"哇，这么巧啊。"以为她会信？肯定是故意等南华，顺便捎上她。

"上车。"

沈柯轩绅士地帮她打开后门，然后侧过身望了眼另一个人："南华坐副驾驶座吧。"

"哦。"

江水见南华从容地坐进副驾驶座，愣住，总觉得哪里违和。

嗯？怎么回事？

后座也没别人啊，为什么突然区别对待？

难道……江水用脚指头想了想，肯定是因为副驾驶座离驾驶座近啊！

沈柯轩让南华坐在旁边，一定是希望小奶狗离自己近一些，一会儿他肯定要帮南华系安全带的，故意接近他什么的，这种桥段她写过，也看到过好几次呢。

"嗒"一声，南华自己系上安全带。

沈柯轩回过头，点火，开车。

唉，这个机会沈柯轩没有把握住。

江水很替他惋惜。

车子在城市中穿梭，经过两个红绿灯，先到了江水住的公寓。

"到了。"沈柯轩的声音冷冷传来。

江水打了声招呼下了车，走两步，回头看一眼又开向另一个地方的跑车。她觉得哪里怪怪的。

上楼的时候，她越想越兴奋。

回想这几天的经历，她真的觉得那两个人很暧昧！

沈柯轩这两天出现的频率也太高了吧，他该不会是……真的暗恋南华吧？

进了家门，江水激动地打开电脑，火速构思出一个精彩的大纲，娱乐圈毒舌嘴贱小鲜肉与霸道脑残总裁的绝美故事。

绝对会火！

在江水疯狂开脑洞的时候，另一边，沈柯轩把南华带到一个独栋别墅。

"沈总……这显然……不是我家……"南华瑟瑟发抖。

沈柯轩对他没有半点好感，白了他一眼，冷冷地说："有人想见你。"

"沈柯轩，我男神带来了没？"

安诗韵从门内一路小跑出来，踩着双兔耳朵棉拖，显得暖融融的。她戴着一顶贝雷帽，俏皮可爱，少了几分御姐气质，像个集万千宠爱于一身的小公主。

安诗韵怎么……和沈柯轩在一起？难道江水传的她公司沈老板和安导有一腿是真的？

安诗韵一见到南华，整个人立刻沉稳、端庄起来。

她伸出手，有些轻颤："南……南华你好，冒昧把你接到我家，就……就是有几个问题要……要提前和你沟通。"

南华觉得这位小姐姐有些好笑，直勾勾看着自己不说，手还握着自己不放,小姐姐,你手劲有点大哦……

沈柯轩轻咳一声,安诗韵才回过神,唰地抽回手:"因为我是××牌化妆品国内区域的负责人,所以今日占用南先生一点时间,和您做个交流。"

"好,没问题。"南华点点头,边走边想,这个小姐姐厉害啊,不仅是个导演,还是××牌化妆品国内区域的负责人。

南华进了门,坐到客厅的沙发上,茶几上摆着一沓他的海报、写真,有些算得上是他出道早期的黑历史,他的脸不禁红了。

安诗韵的脸更红,她手忙脚乱地收拾桌上的物件,干笑着搬到书橱里。

"忘了整理,家里乱啊……"

南华问:"这是你家?"又看到沈柯轩径直走上了二楼。

安诗韵扎起头发,向上望了一眼,给南华沏了一杯茶,悄声说:"沈柯轩是我二哥,请你不要说出去。"

"啊,原来是这样……"南华恍然大悟。江水这个狗脑袋,人家清清白白的兄妹关系竟叫她想歪。

"哎呀!"

安诗韵尖叫一声,她不小心把自己的茶杯打翻,滚烫的水溅到手上。

南华立刻抽几张纸巾给她:"没事吧?要不要去冲下凉水,

桌子我帮你收拾。"

　　她伸手去接纸巾,却不小心触到他的手。

　　她红着脸低下头,匆匆跑开。

　　她就知道,南华最好了。

　　她一定要……把他潜规则!

Chapter 11
盛世有明星

1.

"你们看到了吗!"第二天江水去上班,编剧组的同事兴奋得像打了鸡血,"微博都爆了啊,说我们沈总恋上某位新星……"

"哇!有八卦听?"江水点开页面,首页铺天盖地全是照片,照片上,沈柯轩和一个人靠得极近,好似要亲吻,气氛暧昧至极。

江水感觉那人有点眼熟,她把照片放大,这这这……这不就是她那不争气的发小南华吗!

这是什么情况?

"哎……南华……又有关注度了……"

不过很快,这些消息全被屏蔽,南华打给江水的电话比公关发出的义正词严的声明还要早。

"喂，江水……"

午休期间，江水在茶水间等热咖啡。一看是南华来电，她幸灾乐祸地说："喂，某位新星，干吗打电话给我喔？"

"闭嘴！老子急死了好吗！"南华边翻白眼边挣扎，"我……你不知道我打给你干什么？你会不知道！"喘口气，"你这人什么脑子我还不清楚，不要看图说话，见风就是雨，我跟你解释……"

"哈哈哈，你还解释，图文并茂，证据确凿。我看啊，吃瓜群众要狂欢一阵子了。"

"不是！那真的是角度问题，当时我在拍戏，旁边很吵，你们沈总非要过来跟我说件事，所以他才凑近，我们根本没亲到好吗！苍天啊，我的清白！"

"所以呢，你特地跟我解释这个？"

"闭嘴吧，我特地来掐灭你那颗脑子里危险的想法，不要企图把这个当素材写成小说！"

江水灵光一现："哎，你怎么知道！这几天我才动了这个念头，就有送上门来的素材耶！"

南华要气昏过去，咬牙切齿地说："你要是敢写，我就打死你，你们沈总也不会放过你！"

江水顿了顿，眨眨眼，觉得他说得很有道理。她点点头："你倒是提醒我了喔,那……我就偷偷写了。"

"你敢!"

迫于总裁的威压,江水只敢在网上偷偷摸摸写那篇脑洞大开的小说。

不写不要紧,一写便停不下来,她已然重拾起当年这类文字的激情,大半个月就写了三万字。

一个是傲娇的娱乐公司总裁,一个是即将崛起的流量小花,典型的不高兴和没头脑组合,笑料不断。

整整半个月,江水都沉浸在码字的快乐中。

她以为自己暗暗发文神不知鬼不觉,结果她的文发出去没几天,网站助攻,上金榜了。

读者普遍反映,这对人设非常讨喜,跟她以前经常写的苦大仇深的虐文不一样。

而且由于江水太久没有发文,这次突然一发,还被粉丝自发买了热搜,一传十十传百,点击率暴增。

粉丝都在说:

"有生之年,居然还能看到木偶开新文。"

"奶奶,您当年粉的写手发文了。"

"不熬夜了,争取活得久一点。"

……

　　不仅如此，公司的同事也在网上看到了那篇小说，现在整个公司都传开了。

　　江水既喜又悲，眼睁睁看着自己的同事欢天喜地讨论自己的文章。

　　她同时又担心事情传到沈柯轩的耳朵里。他应该不会看的吧，就算看，也不会发现是以他为原型吧……

　　最近，沈柯轩总觉得江水的眼神怪怪的，不知道是不是加了太多班，累到精神衰弱了。

　　这天，沈柯轩特地为她买来提神醒脑的补品，站在专用电梯前等候，听到两个职员在不远处叽叽喳喳地议论。

　　"哎？你也在看木偶的新文啊！霸道总裁和明星小花，萌出血啊！"

　　"对啊对啊，就是江水写的，《盛世有明星》，小说里总裁的小动作太可爱了吧，平时冷着一张脸，一紧张就折纸飞机……"

　　"还有最新章节的摩天轮戏份，总裁故意装柔弱，呜呜呜……太可爱了！"

　　"不过话说回来，我们都感觉小说里那个总裁的原型很像是……"

"是的吧,你也觉得吧,从外貌描写到讲话风格,沈轼这个人设好像我们沈总啊。"

"对啊,连姓都一样……"

"咳!"沈柯轩忍不住咳嗽了一声。

两个年轻的小职员顿时噤声,转身看到黑沉着脸的沈柯轩,吓得她们同手同脚地滚进电梯间。

沈柯轩非常纳闷,这段时间,他不是没发现员工们看他时,敬畏中带点探索般的好奇。

回到自己办公室,他按捺不住好奇,打开网页,点开江水的ID,木偶果然发了新文。

这几天他太忙了,都没有注意到。

公告:木偶回来发新文啦,点击就看《盛世有明星》,副标题《沈轼的秘密情人》。

盛世?总裁也姓沈?

沈柯轩笑了笑,江水居然把他当原型写进新文了?

但是,看到内容后,他的笑容很快僵住。

"……他悄悄地凑近,在人群中也忍不住想要肆无忌惮……沈轼用力地抱了抱他的小情人,意犹未尽地放开。"

沈柯轩脸黑成炭,左手捂住脸,从指缝中看完江水无比出格的描写,这个女人,真是好大的胆子!

"啪"的一声,他把笔记本电脑关上,气得七窍生烟。扑克脸、不爱讲话、折纸,还有摩天轮上的遭遇,一一对应起来……

　　什么叫"沈轼这个人设好像我们沈总",分明从头到尾写的就是他本人。

　　这也就算了,居然把他写成跟那个流量小花暧昧!

　　沈柯轩气得将手中的文件捏得刺啦刺啦响,仿佛一尊阎罗浑身释放煞气。这个女人,这个女人,自己迟早要让她知道厉害。

　　刘言端着咖啡走进来,敏锐地感到气氛不对,打了一哆嗦,想溜出去。

　　"搁下。"沈柯轩吐出两个字。

　　刘言只好把咖啡放下。

　　沈柯轩心事重重地抿了一口,"噗"一声吐出来:"太烫。"

　　刘言转身看到总裁冷森森的目光,打了个寒噤:"沈总您……放凉?"

　　"太苦。"

　　"我给您……加点糖。"

　　"不必了。"沈柯轩摆摆手,招呼他过来。

　　刘言只得回来,疑惑地问:"沈总还有什么吩咐?"

　　沈柯轩双手交叠放在腿上,严肃而略带愤懑地问:"我像喜欢男人吗?"

刘言加糖的手微微一抖,您要是喜欢男人,我不是第一个倒霉的嘛。他镇定地说:"现实是现实,小说是小说。"

"怎么,你也看了?"

刘言一听这种找事的语气,急忙调转风向:"沈总,您要是担心江小姐误会,向她澄清就可以了。"

"怎么澄清?"

刘言试探着说:"您要是喜欢她,您就告诉她……"

"胡说,谁说我喜欢她。"

"……"

刘言觉得,沈总气糊涂了,指了条明路:"您是总裁,你想怎么做,就怎么做!实在没招儿,找三小姐问问!"

沈柯轩陷入沉思,手指在桌上敲击。

找安诗韵问问?简直是添乱。

不过,刘言说得对,他是总裁,想做什么就做什么,谁敢说一个"不"字。更何况,误会就要早早说清,如果江水都以为他喜欢男人,那她就永远不知道,还有另一种可能。

傻女人。

沈柯轩微微一笑,心情好了一点。

"下班前,叫她过来。"

2.

临近下班。

"咚咚咚"几道叩门声响起后,门被推开。

"记得按门铃。"沈柯轩推开电脑,看她进来。这个傻女人永远不会按门铃。

"哦。"

江水唯唯诺诺走进来,心里在打鼓。她这段日子写的文都传开了,不知道沈柯轩是不是找她兴师问罪来了。

不过,该来的总是会来的。她也不是没有心理准备,兵来将挡,水来土掩。她江水,为保狗命,绝对不能承认。

再说,她写她的文,又关他什么事!

"最近在干什么?"沈柯轩突然问了一句。

"啊?"江水猛抬头,装出从容淡定的样子。

沈柯轩端坐在椅子上,看她像受惊的小兔子却又强装大尾巴狼,忍住笑。

"工作啊。"江水背着手,眨眨眼,死猪不怕开水烫,尽量打马虎眼。

"具体做什么?"

"就……就写写剧本啊,修改剧本细节啊。沈总忽然关心这个干什么？"江水无辜地眨眨眼。

沈柯轩喝了一口咖啡，也就不准备和她卖关子，他非常期待她接下来的反应。

"《盛世有明星》，怎么回事？"他把电脑转个个儿，屏幕对着她，上面的内容赫然就是《盛世有明星》，那评论区竟然还有科普人设出处的，差不多就要猜到了。

江水心突突一跳，即便心里慌了还要强装镇定："就就就……就是闲暇时写的，就是我的业余爱好，怎么啦，我本来是个写手，总得有自己的空间，不然剧本做多了，手艺都生疏了，不利于自我发展，为公司做贡献。"再说写文是她的自由，没人可以阻止她躁动的双手。

说起来一套一套的，还为公司做贡献。沈柯轩觉得好笑，忍着笑意，皱起眉头，沉下声音："这么说，你是觉得公司的栽培不够，还是，给你的工作太少了？"

"没有没有！"江水连忙摇头，"最近工作量很够了，沈总你千万不要有这样的误解……"

"你过来。"

"嗯？"

沈柯轩向她摆摆手，江水心中涌起不好的念头，忐忐忑忑地走近几步。

他脸庞冷俊,眼眸深沉,像捕猎的野兽,用眼神挑逗她走入陷阱。她心跳加速:"我不加班,你要我加班,我就辞职。"

她上班就是为了钱,要是老板非要谈理想,她的理想就是不上班,更别说天天加班。再说,每次加班,她也想尽量早点回家,免得老是想着楼上的沈柯轩还没有回去。

"呵,辞职?你敢。"

犯了这样大的事,就想一走了之。没门儿。

"不敢不敢……"

江水不知道自己为什么这么没骨气,或许是慑于他现在可怕的气场……

沈柯轩压低声音,冷声问:"为什么觉得我喜欢男人?"

江水干巴巴地眨了眨眼,弱弱地装不知道:"啊,没有啊,谁说沈总喜欢男人啊?"

"哼,你小说里写的谁,自己心里不清楚吗?"

"反正,写谁也不是写沈总你啊。"

"这么说,你是不承认了?"

"有就是有,没有就是没有喽……"江水底气不足。

"现在道歉,还来得及。"

"啊,怎么可能会写你。"信你个鬼。

"那么,你是觉得,我喜欢男人?"

江水继续装傻充愣："那是您自己的自由。"

沈柯轩板起脸，压低嗓音，有几分危险的气息："可是我，并不喜欢。"

他起身，装作打电话的样子，风轻云淡地说："如果你不认错，不澄清，那便随你。我有一个律师团队，可以告到你牢底坐穿。"

"没有那么严重吧。"江水吞了吞口水。

来……来真的了？她只不过写的人有一点点参考沈柯轩啊！只有一点点！

"嘟嘟……"

电话接通。

"嗯，陈律师，我是……"沈柯轩用余光观察江水的反应。

江水顿时扑过来惨叫："沈总！我错了！"

要命了要命了，她不要坐牢啊！岂有文章倾社稷啊！她又不能颠倒他的性取向，只是手贱地写写都不可以吗？

"我道歉，下次再也不敢了！我……我只是年少轻狂一时兴起，沈总，请你明鉴，其实并没有说你喜欢南华！我写的是兄弟情，沈总……"

沈柯轩又好气又好笑，哼了一声，把电话收起来。

他踱步到沙发前，坐下，抱着双臂，凝视了她一会儿："看着浑身长刺，原来是只纸老虎。"

"啊?"江水现在非常疑惑。

沈柯轩为什么要笑?如此严肃的场合,怎么忽然轻佻起来?

"所以……沈总不准备告我了?"

"江水,你过来。"沈柯轩顿了顿,向她招手,"我问你一个问题。"

"……爱过。"

"嗯?"

江水猛摇头:"没有!"怎么一不小心就接上话了!

她紧张地走到他面前。

他的眸子深不见底,认真地盯着她。

一时间,两人都没有开口,办公室里气氛凝固。

他盯了她片刻,她不自然地摸了摸头发,感觉气氛有点微妙,想找机会躲避他这种想要吃人的眼神。

"沈总,那个,我……回去还有工作……"

"不忙。"沈柯轩突然拉住她的手。

看到她受惊的样子,他立刻松手。他双手交叠在膝上,直直地盯着她:"你是真不知道,还是装作不知道?"

江水被这种眼神盯着,心里有些忐忑,不知道他问话的含义。她摇了摇头,拿询问的眼神望着他。

沈柯轩微微张口,欲言又止,窗外,街灯渐次亮起。

"我喜欢谁,你还不知道吗?"

外界的喧嚣似乎停止。

"啊?"

江水的心脏"扑通扑通"地乱跳,十分奇怪沈总突如其来的……深情?她努力去理解,抓耳挠腮,面露难色,灵光一现,她明白了沈柯轩的意思。

"沈总,我明白了。"她胸有成竹地回答,"你喜欢……南……南华?"

沈柯轩怀疑自己的耳朵。

江水见沈柯轩特别震惊的样子,以为自己又戳到他痛处,急忙解释:"其实,沈……沈总,喜欢男人又不一定是……"

沈柯轩气得差点一口气没提上来,他噌地站起,颤抖着扬起手:"你出去。"

江水捂着胸口落荒而逃,看他气得青筋都暴出来的样子,太可怕了。看来总裁是很不愿意被人提起他的喜好,又或者,该死的南华不准备接受他,然后,他就对她撒气!

怪南华!

"呜呜呜……南华都怪你,我今天莫名其妙被沈总凶了!"

作为江水的忠实读者,南华对她的文也是每期必读的,但是这次他只想自戳双目,正好她还撞上来,他幸灾乐祸地骂她:"是你人渣,你活该!"

"呜呜呜……连你也凶我。"

"我忍住这双手不掐死你就不错了,你竟然……你竟然把我写进这种小说里,现在公司里的人看我眼神都不太对了,呜呜呜,还我清白……"

门外,传来苏一桉的声音:"小花,该你了,还在讲电话?"

"我去工作了,一会儿再来骂你和你的小说……"南华絮絮叨叨地挂了电话。

这边,江水抱着手机花痴着:"刚才是苏一桉的声音吧,呜呜呜……男神的声音太酥了!"

3.

江水的手机响起来。

"喂,阿水,明天出来玩吧,带你解压。"南华的声音轻佻又活泼,准有好事。

"好啊,你傍到大款啦?"

"我在板凳街和苏一桉对戏,你死不死过来?"

"你说谁?"

"你聋啦,苏一桉。"

好久没见到苏一桉了啊!

"嗷嗷嗷!"江水爆发出一阵尖叫。

手机那边的南华耳膜刺穿,面目狰狞地捂着耳朵无比后悔告诉她这件事。

第二天,安诗韵特地把江水的请假条交给沈柯轩,意味深长地说:"江水去追苏一桉了。"

沈柯轩眉毛抬了一下,接过请假条和数据报表,潦草地翻了翻:"这几个地方的合同延期三个月……"

"哥——"

沈柯轩终于抬头,面无表情地说:"那是她的自由,我们公司有年假调休的规定。"

"算了。"安诗韵气鼓鼓,"我瞎操什么心。"

请了假的江水来到影视城,蹭了南华一顿豪华午餐。

她摸着圆滚滚的肚皮打着饱嗝,被南华带进了影棚内。

她挤眉弄眼地碎碎念:"你干吗要点那么多菜!嗝……我现在吃得那么撑多没形象。"

南华缓缓偏过头:"你什么时候有过形象?"

"你闭嘴!"

"嘘……"

影棚内正在拍摄一场警匪打斗戏,上场前苏一桉站在一边念剧本,一抬头,朝两人招了招手,嘴角上扬的弧度恰到好处。他穿着深色警服,整个人英气挺拔。

"妈啊!"江水捂住嘴巴,激动地跺着脚,"他刚刚对我笑哎!"

南华一副"你开心就好"的表情,摇摇头:"没救了。"

板子一拍,导演喊"Action"。

各就各位。

"砰"的一声,车门破开,苏一桉利落地滚了出来,踏着地上的木料废材迅速起跳飞踹一脚,面前的一个罪犯应声倒地。"砰砰"两声枪响,苏一桉灵巧地躲过,接下来是一连串与罪犯搏斗的打斗动作。

最后,只听"咔嚓"一声,他将银色的手铐扣到罪犯的手腕上,额前搭着凌乱的碎发,嘴角有一抹鲜血。

"卡,完美!"导演大喊。

苏一桉拉起地上扮演罪犯的演员。

"啊啊啊啊……太帅了啊!你看他演得多好啊!"

南华轻轻揪住她不住晃动的小辫子,不以为意地说:"我的打戏也很帅的。"

"小花。"

苏一桉擦了一把汗,朝二人走过来,自带一哥的气派和风度。

"苏哥。"南华摆出勤奋后辈的样子。

苏一桉眉头舒展,露出温柔的笑容:"江水来了?"

江水力争保持矜持,一个劲地点头。苏一桉果然无论何时都魅力四射,比那个扑克脸和煦多了。

"我还有一场就下了,晚一点一起吃个饭吧。"苏一桉把擦汗的毛巾丢给南华。

一起吃饭哎!江水完全没想到大男神竟然主动邀请吃饭。她疯狂地冲南华眨眼:快答应!快答应!

南华一脸"服了你"的表情,应道:"苏哥开口,当然奉陪。"

"好,去南城区的杏花村吧。"

南华想了想:"那地方有点远哎……"

"酒香不怕巷子深,那里的老板跟我认识,欠我一瓶酒已经很长时间。而且那边离江水住的地方近一些,到时也方便她回家……"

江水一个劲地点头,男神说去哪里就去哪里,去哪里都好!

开车去杏花村的路上,苏一桉负责暖场,祥和得不像个大明星,时不时跟南华说些工作,比如拍戏、通告,以及这几天的行程,几天后他又要飞到另一个城市了。

几人走进杏花村饭店。

过道上,迎面走来一位侍应生,端着沸腾的铁板牛柳,大声提醒客人:"不好意思,让下路!"

当时南华站在最外侧,苏一桉伸手一拉把他揽到自己身边,叮嘱了一句:"小心点。"

男神好贴心,江水心想。

包厢里,菜一盘一盘地端上来,江水最爱的脆烤黄鱼也上来了,摆在靠近苏一桉的位置,她要吃的话,要么起身,要么等男神亲自夹给她……

"南华,多吃点这个。"苏一桉夹了一片烤黄鱼放他盘子里,"记得你爱吃鱼。"

喵喵喵?

男神跟南华的关系这么好?

眼红,妒忌,还眼馋。那块肉,最焦,最脆,最好吃。居然,就这样,被她男神,夹给了南华这个瓜娃子。

"谢谢苏哥。"南华夹起鱼肉向江水晃了晃。

苏一桉看到他们的互动,笑容一直挂在脸上。

"来,尝尝这个,这家店的羊排烤得不错。"

"还有这个,糖醋里脊。"

"你多吃点蔬菜。"

苏一桉夹菜夹上瘾，南华的碗盘很快堆成小山。

南华志得意满地发了一条微信给江水："看吧，你男神对我的爱，无处安放。"

江水刚喝一口汤，差点喷出去，要不是知道他的德行，她一定要暴打他一顿！只是，苏一桉怎么对南华这么好啊？

江水的嘴角浮现出一丝奸笑。

她回了一条信息过去："我觉得，苏一桉对你，有意思。"

南华一口橙汁如喷泉般喷了苏一桉一脸。

最怕空气突然安静……

苏一桉可是大明星，从来也没遇到过这种尴尬的情况，江水筷子夹住的鸡块"哐当"掉进碗盘。

南华唰地站起，大声道歉："对不起，苏哥，对不起，我不是故意的……"赶紧拿桌上的纸巾给他擦，心里使劲咒骂江水。

苏一桉隐隐地笑了笑，不急不恼："没事，橙汁流进领口了，你去前台要一条湿毛巾，要温的，我怕凉。"

南华几乎要磕头致歉，听到苏一桉的吩咐，自然像只受惊的小白兔忙不迭冲出包间。

南华走后，苏一桉靠回沙发，自己开始清理污渍。江水观察片刻，觉得他另有意图。

她支着下巴问:"男神为什么特地支走南华啊?"

苏一桉双手杵着下巴,朝她看过来:"哦,你看出来了?"

江水点头:"那……男神有什么事要单独问我?"

"噗,这么精明。"苏一桉搅搅瓶子里的冰块,"难怪南华那小子那么单纯。"很快,他又说,"听说,你最近写了部小说,在网上很火。"

"男神也在看我的小说?不,男神你不能看这些东西!"男神可不能走弯路啊!再说,明眼人都能看出来那两个主角是谁,多么尴尬……

"哈哈,我没有看,平时太忙了。"苏一桉正了正身子,"沈总和小花的事是真的吗,我有点好奇。"

"哇,男神这么八卦啊。"

苏一桉耸耸肩,喝了口银耳汤。

江水若有其事地说:"我觉得是真的耶……"

苏一桉被一朵银耳呛到。

"啊,这么说,南华他……"

江水摇摇头:"我觉得沈总对南华有意思,因为他对南华特别照顾!"

"苏哥,温毛巾拿来了。"南华跑回来,殷勤地替苏一桉擦污渍。

过一会儿，他发现两人都不说话，眼神不太对。他左右看看，莫名其妙。

南华无辜地问："你们刚才说什么，干吗都这么看我？"

苏一桉忍了一会儿，"扑哧"一声笑出来，像揉小狗一样揉揉南华的脑袋："你挺吃香嘛。"

南华用眼神问江水，她只是抿嘴微笑。

这时，服务生敲了敲门，走进来把酒端上桌，斟在三个玻璃高脚杯里。

"拉图城堡的波雅克，酒已经给各位醒好了。"说完，服务生退下。

苏一桉起身，分别给南华和江水各递了一杯，示意他们尝尝。

"酒是空运过来的，味道非常醇正。"苏一桉晃了晃高脚杯，放在鼻前闻闻味道，眉头舒展开。

南华小啜一口，点头称赞："嗯，这个酒很不错，味道很好。"他看了看对面的江水一副想喝又不敢喝的样子，差点笑出声。

江水终于忍不住喝了一口，又被呛得掐着喉咙强忍住咳嗽。

见状，南华心情顿时很舒畅。

"听说沈总有一个酒堡，有几瓶罗曼尼康帝，江水有听说过吗？"苏一桉问。

"没有哎，反正也喝不到。"酒堡，罗曼尼康帝，有那么一瞬嫉妒和心动。有钱人的世界,她想象不到,也接触不到,更懒得在意。

苏一桉意味深长地笑了笑:"不一定哦。"

酒过三巡,苏一桉双颊微红,热得脱下外套,只穿一件白色T恤。他喝掉酒杯里的最后一口,口齿不清地赞着:"好喝,好久没有这样放松了。这个酒,嗯……后劲挺足的。"

"苏哥……"南华见他快倒下了,扶住他的额头靠在自己肩上,尽量让他舒服些,"苏哥今天怎么醉了,要不要现在送你回去。"说着就要起身。

苏一桉皱皱眉,长臂一伸按住南华,他半眯着眼,像只困倦的大型犬,含混不清地说:"我没醉,太困了,借一下你的肩膀,连着拍三天戏,都没有好好睡觉。"

南华闻到他满口酒气,又不敢动,由着他枕着自己。

"咔嚓咔嚓!"

江水拿着手机不停地拍照。

南华回过头,只恨自己分身乏术,只能腾出一只手做个打人的手势。他压低声音说:"死江水,听听你这相机的声音,不要吵他。"

江水一边继续作案,一边严肃地说:"嗯,好的。你们公司好友爱,前辈和后辈之间的相处模式真令人羡慕。"

南华气急败坏："你是不是又在想什么不好的东西……别拉苏哥下水啊，人渣！"

摆在桌上的手机响起。

是苏一桉的手机。

南华如遇大赦，轻轻晃苏一桉："苏哥，起来了，是莱姐的电话……"

苏一桉揉揉眼睛，摊开一只手，南华乖巧地将手机递给他。

他伸伸懒腰，手落下来的时候顺便揉了把南华的头发。

他对着电话简短地聊了几句，然后挂断，转身对南华说："经纪人提醒我早点回去，明早还有通告。叫个代驾，你陪我回去吧。"

"好。"

南华应下来。

又想到什么似的，他身形一顿，第一时间转回身，果然看到江水异样的眼神，他小声解释："你不要想太多啊。"

江水装无辜："啊，什么啊，我可没有想太多。"

"啧，谅你也不敢！"

江水话锋一转："是你自己有想法吧！你早点回去吧，好好照顾我男神哦，祝你度过一个美妙的夜晚。"

"美妙的夜晚是什么鬼！"南华撸起袖子猛地晃她的肩膀，"不要乱想啊，苏哥人超正直的好不好，谁都有可能，就苏哥不可能，苏哥是正人君子。"

走在前面的苏一桉露出温柔的笑容。

4.

饭吃完已经是晚上九点多，由于离公寓不算太远，江水慢悠悠地边走边看，一路溜溜达达消食，一下子就过去大半个钟头了。见天色已晚，消食也消得差不多了，江水决定抄近路回去。

只是这条近路又黑又偏，据说出过几次抢劫事件。江水一走进来，就后悔了，只能跟南华聊天壮壮胆。

"哎，南华，你送男神到家了吗？他现在怎么样啊？"

没多久，南华发来一组照片，附带一句："点击就看，性感苏一桉，在线跳舞。"

苏一桉睡觉好不老实，四仰八叉，东倒西歪。

江水边抹鼻血边愤愤发去语音："小心男神收拾你！"

隔了一会儿，南华没回。

江水：？？？

江水：你被揍了？

又过了一会儿，还是没回复。

江水：怎么回事，睡着了？

江水：给我醒来！老子走夜路呢！

微信响起来。

南华：没睡呢。

南华：只是，你男神喝醉了，以为自己是树懒……

江水：噗——

江水：所以呢？

南华：他把我当树了，55555……

南华：可怜，弱小，又无助。

南华：窒息了。我现在是拿命跟你聊天，以后再也不和苏哥喝酒了。

江水的笑声震得路过的一只野猫踹翻垃圾桶。

南华：你是不是在大笑！人渣！

江水：是啊！怎么了！我还在路上，大笑壮胆。

南华：那你注意点吧，快点回家去……小心遇到贼。

江水：呵，这等衰事哪能落到我的头上。

话音刚落，前方闯出两个戴着黑色帽子的男人，后面不远处跟着一个颤颤巍巍的老奶奶，正开了嗓子带着哭腔叫道"抢钱啦，抓小偷哇！抢钱啦……"

江水爆了一句粗："南华这嘴啊……怕是开过光。"

她没有多想，两步冲上前去，朝前面其中一个小蟊贼的膝盖就是一脚，小蟊贼向后仰倒撞到后面的人，两个蟊贼双双滚倒在地。两个蟊贼爬起来看是个姑娘，骂了一句。这两个蟊贼精精瘦瘦的，其中一个壮实点，脸上一道疤。刀疤蟊贼迅速从地上拣了两块板砖，还抛了一块给精瘦小贼。

这是要从盗窃扩大到故意伤人的节奏了。

江水冷笑，这两个虾兵蟹将她还真不放在眼里。她扭了扭脖子，还能听到咔咔的响声——肯定是这段时间长期面对电脑，颈椎不太好。没关系，现在不正是活动筋骨的时候嘛。

二话不说，她冲上去左一拳右一脚，揍得两个表面威风的小蟊贼哭爹讨饶。

江水拍拍手，跆拳道黑带也不是白练的。她正准备夸奖自己宝刀未老，街角处忽然拥出一群人，手里还拿着棍棒。

见状，倒地嗷嗷叫的两个小喽啰麻利地站起来，对着为首的一个大汉说："大哥，你们来得正好，这个娘们儿太厉害了！"

不好，他们是一个大团伙！

见势不妙，江水拔腿就跑，心中无比恼恨自己选了这么一条危险的路。

后方有什么东西迅速朝着后脑打来，江水本能地侧身用手臂去挡，"咣当"一声，砖头擦过她的手臂掉到地上，碎成两截。一股灼热的疼痛感袭来，她一个趔趄向前倾倒。

脚步声越来越近，隐隐还能听到猥琐的话："送上门来的

快来添加你的"黑化"主理人蒜香回锅肉
的表情包叭！下载后可以直接发送图片回复哦！

◀◀◀

我就.

蒜香.回锅肉

我不, 就.

啊啊!

救. 救一下

大, 困 .啊

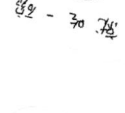

啊/啊/啊

啊...

救. 啊 一救

救救 mua!

~88

救救孩子!

哭哭!

999

妞……先不忙干掉……"

江水努力站起来,脚步踉跄着朝小巷尽头的光亮处奔跑,身后是虎狼一般追赶的人。

"救……救命……"

突然,她脚下一软,像是被什么东西绊住,直直向前摔去。

这时,有人扶住她的胳膊,将她揽入怀抱。

江水惊慌地抬眸。

对方皱着眉头,嘴唇抿紧,好像……扑克脸?

竟然是沈柯轩!

他……怎么会出现在这里?

沈柯轩刚开完会,得知江水跟苏一桉在这边吃饭,于是过来了,刚刚在巷口看到一个老奶奶在寻求帮助,说是一个女孩儿为了帮助她抓蟊贼,现在被一群人追赶,他马上就有了不好的预感,于是让助理叫了一群保镖。

好在他及时赶到,否则后果……他不敢想象。

身后的一众保镖蜂拥而上,那群蟊贼纷纷被擒。

"沈总你怎么在这……哎哟,好痛……"余悸过后,江水才感到手臂传来剧烈的疼痛。

"别动。"

沈柯轩脱下外套,给她披上。

她心里暖了一阵,低下头,路灯下,手臂的擦伤处在往外冒血,空气中似乎都有一丝丝血腥味。她忽感眩晕,脸色苍白。

沈柯轩停下来,伸手触摸她的额头:"怎么了?"

江水意识模糊地说:"我……我晕血……沈柯轩……"

"江水,江水……"

沈柯轩眼神阴鸷得可怕,竟敢伤害他的女人。

"不管哪条道儿上的,都给我端掉。"

他将江水打横一抱,几步跨到车边,助理赶紧打开车门。

"去医院。"

Chapter 12
恭喜你被写进小说了

1.

深夜,医院。

医生看过江水手臂上的伤口,为她做好了细致的清理和包扎。

医生对沈柯轩说:"这只是一点皮外伤,不要放在心上,江小姐睡一觉就能醒来。"

沈柯轩也深知她不会有事,可是内心的自责不能停止。

看着她恬静的睡颜,他的心稍稍安定了一些。他一点点地削着苹果,房间里静得只能听到水果刀刮擦果皮的声音。

只有他自己知道,刚才多么慌张,他以为,差一点就要失去她了。

要不是听说她和苏一桉要去吃饭，开完会议，他的心里总放不下，才赶来这边接她。要不是他正好碰上那个老奶奶，知道她遇到了危险……

他无法想象另一种结果。

失去她的结果。

他的心被什么揪住，紧紧揪住，让他无法呼吸。

削好的苹果轻轻搁在床头柜上的银色盘子里，发出清脆的响声。

"江水，江水……"

他轻轻叫着她的名字。

"刚刚我……真的很害怕。"他自言自语。

害怕失去她。

这是以前从来没有过的感觉。她是他要得到的女人，但他不知道该怎么去做。

想要保护她，不想要其他男人站在她的身边，只希望她遇到难事第一个想的是找他帮忙。

想要保持自己的个性，永远开心、快乐，而不是像现在，受伤躺在医院的病床上。

昏睡中的江水尤其温柔，他俯下身子，伸手触摸她的发梢。

他慢慢弯下腰，在她脸上落下一吻。细腻如婴儿的皮肤，那种被电击中的触感，让他想要停留更久……

"唔……沈柯轩……"

江水在睡梦中叫了声他的名字。

"我在。"他回应。

她轻浅一笑，嘴角露出可爱的小梨窝。

"沈柯轩……不要喜欢南华……"

"……"

好，做梦都忘不了这个茬儿。

沈柯轩气到嘴角抽搐，愤怒地拿起那个削好的苹果，自己吃，还想吃他削的苹果，想得美。

很好，这件事情，必须当面跟她澄清。

入冬，天气渐冷，沈柯轩不情愿地出了门，和苏一桉有约。

苏一桉这个人大牌得很，对剧本要求很高，不过，他也信任江水的能力，她的剧本绝对够好。饶是如此，这次合作也是复议了好几次才敲定。

这次见面，不知道苏一桉又想出了什么问题。

"淡"茶会所。

沈柯轩喝了一口茶，开门见山："找我什么事？"

苏一桉和煦地微笑着,只是谁也看不出他内心真实的想法。

"啊,沈总,上次你给我看的江编剧的剧本,经过我的经纪团队反复商议,应该还有商量的余地吧?"

"既然是工作上的问题,为什么不是你的团队出面?"

苏一桉笑得更深,索性承认:"好吧,是我自己要来找沈总的。"

沈柯轩抬眼问道:"你过来,是为了推掉剧本?"

苏一桉摇头:"不,沈总误会了,江水的剧本那么出彩,我怎么舍得。"

"那是什么?"

苏一桉低头喝了口热汤:"我们公司,想让我带带新人。"

"嗯,谁?"

"沈总非常熟悉的人。"

"南华。"

苏一桉一贯的温和表情,半开玩笑地说:"你们公司的江编剧,胆子可真是大啊。"

"嗯?"

"是啊,什么都敢往上面写呢,哈哈哈。"

听到这个,沈柯轩气不打一处来,连对家公司的人都知道了。

沈柯轩嘴角抽搐:"我说,苏大明星,你也挺有闲心的。怎么,难道你也以为我跟南华有事儿?"

苏一桉笑了笑："我当然不信。"顿了顿，"不过，南华是我们公司的人，沈总应当清楚吧？"

沈柯轩努力让自己心情平复，皮笑肉不笑："你想多了。"

2.

沈柯轩头很大，走投无路中终于叫来安诗韵。

安诗韵走进办公室，只见沈柯轩一声不吭地望着窗外。

"哥……"安诗韵见他面色不太好，舔了舔嘴唇，问，"你叫我来干吗呢？"

半天没动静，安诗韵努努嘴，走过去敲了敲他的桌面，轻咳两声。

沈柯轩惊醒，回过头。

"哦，你来了。"

安诗韵大方地坐到他的办公桌上："来了很久了。"拿起他的文件卷着玩，"哥，可喜可贺啊。"

"什么？"

安诗韵故作正经，然后不怕死地说："当然是恭喜……恭喜你被写进小说了啊，哈哈哈！"

"你还想继续和南华合作吗？"

"想！哎呀，哥……"安诗韵急得嗷嗷叫，"我知道你在想什么，不就是因为江水嘛！其实啊，据我观察，江水啊，她是很在乎你的。"

"怎么说？"沈柯轩停了会儿，拿出一根烟，想了想，又丢进垃圾桶，眼神暗淡，"她哪个行为，让你可以看出她很在乎我。"

"她会以你为原型写小说啊，而且，她曾经误会我们两人是一对，这可都怪你，不许我公开身份。"

沈柯轩半点情面不留："不可以。"一码归一码。

"好吧，好吧。"安诗韵白了他一眼，知道他是为情所困，喜滋滋地开导他，"江水本来就不错，会写稿子不说，还踏实肯干，直爽知分寸。"嘿嘿，把江水配出去了，南华就一身轻。她这个媒就做得值。

沈柯轩心烦意乱，故作轻松地说："她应该……"后半句就不想说了。

"她应该喜欢你啊，我的傻二哥，谁叫你一直捧林婳，还让她误会你喜欢南华？哥哥，你要跟她说清楚啊，喜欢她就要勇敢去追，不然，到时候小水水是谁的女朋友就不一定喽。"

沈柯轩忽然想到苏一桉，江水的男神。哼。

安诗韵见沈柯轩不言语，心里头亮得跟明镜似的。

沈柯轩不乏示爱者，但他一概拒绝。学生时期，她旁敲侧击地问过他，他说自己不想早恋，要抓紧学习。

其实，大学期间，也曾有过一个女生跟他走得近，安诗韵以为他俩能成，最后却没成，至于为什么没成，他说，那个女孩儿没有表面上表现的那么热爱学习。

活该他单身！

"我教你追江水吧，毕竟我的经验比你丰富！"安诗韵摇头晃脑。

沈柯轩眼皮不抬："你也没谈过。"

"你这话很扎心啊。"安诗韵叉腰，"我是女人啊，而且我跟她是朋友。要我说，她说不定早就喜欢你了……"

"嗯？"

"你就追吧！据我多年看小说的经验，你就是那类霸道总裁的设定，超级讨人喜欢。你看，你是总裁，是她上司，追她有先天优势啊。还有你要霸道一点，不停地送礼物……还有，壁咚强吻，生米煮成熟饭……各种方式都可以试一试，嘿嘿嘿……"

安诗韵的一番话说得沈柯轩开了窍，他忍不住跟着安诗韵的思路展开合理的想象，江水扭捏地踮起脚，娇羞地向他求抱抱，然后……

他感觉脸有点热，眨眨眼回过神："无聊。"

"对了对了，我的库存里还有一个 G 的文包，为了你的感情事业,免费发给你。没灵感的话,你可以去找找灵感。"

"具体怎么做?"

"都跟你说那么清楚了还不明白。"安诗韵恨铁不成钢,小手一挥,一副胸有成竹的样子,"这样吧,明天你带她去餐厅吃顿饭,嗯,环境要布置得温馨浪漫,然后记得表白!表白的时候一定要深情款款!加油,用你的真心打动她!"

"嗯。"

沈柯轩沉思片刻,盯了眼仍在偷懒的安诗韵:"还不去工作?"

安诗韵嘟哝"卸磨杀驴",做了个鬼脸,骂道:"你这个死傲娇!"

像是做好事深藏功与名一般,安诗韵欢快地走出门,又折了回来,特地叮嘱一点:"壁咚!请你务必壁咚她!超级霸道浪漫的!"

嗯?"壁咚"是什么意思?沈柯轩陷入沉思。

第二天。

"刘言。"沈柯轩按铃。

助理刘言毕恭毕敬地走进来。

"把那个江水叫上来。"

"沈总,江小姐刚和皇昱的那个明星一起出门了,说是去给苏一桉送机，需不需要……"

"不需要。"沈柯轩脸色顿时阴沉下来，很不爽。

他冷声说："出去。"

刘言心说你的脾气就会发在我身上，谁还能猜不出你想什么吗！

那个女人追苏一桉，和他捧林婳，有什么两样。让他伏低示好，不可能。再说，现在不是上班时间吗，她怕是工作量不够才跑得出去。沈柯轩想到一个解气的招儿。

在刘言关门离去的前一刻，沈柯轩吐出两个字："回来！"

沈柯轩敲了敲桌子："通知她加班，下周之前上交剧本。"

"哦。"刘言点头，离开。

"回来。"沈柯轩再次叫住刘言，"通知她快点滚回来。"

刘言差点笑出来，嘴上说着不需要，行动倒是诚实。恋爱中的人啊……

3.

可怜的江水，由于给苏一桉送了一次机就被迫加了一周的班。

她心眼也实在，投机取巧的事情不乐意去做，既然沈柯轩发话让她加班，那她就静下心来把手头的稿子快马加鞭地码完。几天都憋不出一个情节，她是该反思反思自己。

这边，沈柯轩也每天很晚回家。

这一天，他准备回去了，忽然想到什么，随口问了一句："她回去没？"

"没有。"

刘言在旁边对着电脑屏整理文档工作，最近沈总提起江小姐的次数越来越多。

"她还没回去？"

"是沈总让她加班的啊。"刘言理完最后一份数据，"沈总，我可以下班了吗，我家人等我回去。"

"嗯。"

沈柯轩顿了一会儿，又问："就她一人？"

刘言实话实说："江小姐平时工作就认真，沈总亲自安排工作，她哪里敢回去，现在还在加班加点。"

"回去吧。"

"哦。"刘言临走前还叮嘱说，"沈总也早些回去，这两天你好像鼻子有些不舒服。"

"没事。"

沈柯轩心不在焉，想着要不要亲自去下逐客令。

毕竟这么晚了，女孩子一个人回去不方便，他就发发慈悲送她回去吧。转念又一想，他是老总他才是应该被追的一方，如果太主动了岂不是很没面子……

这么想着,他已经下了楼。

他蹑手蹑脚地走着,这时,迎面走来一个同样热爱熬夜的编导组的员工,难得见总裁来一趟,嘹亮地打招呼:"沈总好!"

沈柯轩眉头一皱,快速摆手让他回去,心想应该没有惊动旁边编剧组办公室里的人。

他仍然占了编导组办公室安诗韵的位置,若无其事地打量斜对面编剧组办公室里的人。

江水噼里啪啦打了一会儿字,又瞌睡了一小阵,伏在桌面上准备趴一会儿再起来码字。

二十分钟过去了,她还没有起来。

沈柯轩皱了皱眉,猫手猫脚地走到她身边,戳戳她的小脸蛋,还挺嫩。她小嘴微张,露出丁点洁白的牙齿。

他解下自己的外套。嗯,因为天气变冷了,她要是冻感冒了他就少了一个热血员工。

他将外套轻轻披在她身上,然后悄悄退出房间。

公司里人多嘴杂,他就在安诗韵的位置上守到她睡醒为止吧。

时间过去很久,整栋大楼寂静异常。

沈柯轩闲得无聊折了一大堆小鸭子,强打着精神,都三点多了，她怎么还不醒……

凌晨五点，他在梦中惊醒，一看斜对面办公室灯光已暗，他心里一空，挺起身，一件外套落在地上。

他捡起来看，正是自己给她披上的那件。

江水把自己埋在工作中，使劲把总裁喜欢自己的想法排除。赶上公司新剧宣传期，大家忙得焦头烂额，她也没时间搞什么风花雪月。

新剧"总裁2"又名《星光之夜》的宣传片一放到网上就引起热议。

网上有说这部剧和某位作者第一部小说很像，江水不想见到盈儿翩跹这个名字，加上近来编剧组闲了些，她给自己找了点乐子——给模特研究美毛食谱。

周末，江水在家写写小说逗逗狗，看到前几天来不及一叙就被调到外地出差的安诗韵发了条朋友圈说回来了。

于是，她点了一个赞。

没一会儿，安诗韵的电话就打了过来。

"喂，江水啊，我回来啦，明天出来吃饭吧。"

有饭不吃王八蛋。江水觉得被人记挂的感觉很好，忙点头说：

"好啊,好啊。"

"就这么说定了,不见不散!"

挂掉电话,安诗韵比了个"OK"的手势,调皮地吐了吐舌头。一旁,沈柯轩沉默着,起身往落地窗前走了过去。

Chapter 13
总裁的攻势

1.

次日。

江水准时来到餐饮连锁排名第一,据说请了米其林餐厅大厨的枫林晚饭店,一边暗想着资本家是罪恶的,一边又抱着蹭吃的喜悦心情。

安诗韵迟迟没来。

她发来微信说自己刚化完妆,江水只穿了一件薄薄的外套,又在风口站着,心里默念着等富二代来了,一定要把她骂一遍。

正想着,一辆蓝色超跑停在江水前方,刮起的尘风扑了她一脸。她心里暗骂了一句,那跑车却没走动,直挺挺地停在她面前,然后倒车，入停车位，熄火，开门。

停下看豪车的路人纷纷投来目光，沈柯轩从里面走了出来。

今日的沈柯轩依旧帅得那么醒目，黑色大衣让他整个人看起来修长挺拔。他星眸转来，江水一愣，下意识就要回避，胳膊却被他一把握住。

小女生们偷看着，以为是哪里的明星，还用手机偷拍。

江水方寸大乱，挤出一句话："沈总……你怎么来了？安诗韵呢？"

沈柯轩面不改色："安诗韵临时有事，叫我来陪你。"

"啊？这样啊……"安诗韵这个害人精！叫谁也不能叫沈柯轩啊！

沈柯轩见到她为难的表情，想起昨晚安诗韵的话——"江水这人戒心重，但是心软，你不要给她拒绝的机会，拿出你的真心！"

他没有松手，斩钉截铁地说："走，去吃饭。"

江水觉得此时的沈柯轩特别凶，像只炸毛的山猫，还是不要轻易忤逆他比较好，一会儿找个借口溜掉就是了。

沈柯轩抿嘴一笑，打了个响指。这时，饭店外的花灯全部打开，五颜六色的光芒照耀了一整条路。服务员列队从饭店鱼贯而出，每人手里捧着一束火红的玫瑰。

沈柯轩感到手里人往后挣了挣，他回头看了一眼，只见江水一副打死也不进去的模样。

开玩笑,鸿门宴啊,谁进去谁遭殃,她一颗心已经献给男神苏一桉了啊……

"啊,我不进去,沈总你……松手……"

沈柯轩越发握紧,她挣脱不得,被强行拉了进去。

安诗韵的方法可能也不是那么奏效,沈柯轩皱眉,但是,无论如何,江水在他这里是跑不了的。

他知道,这不仅仅是占有欲在作祟,对于爱情这回事,他没有经验,也不知道该怎么办,怎样博得女孩儿欢心。

但一定要试一试。

是什么时候喜欢上的,他也不知道,或许这就是命运吧,他喜欢江水。他知道。

酒店大堂的墙面上绘满了喜鹊,显然取材中国古代民间的爱情故事。还有鲜花、气球……这布置得像婚礼现场是怎么回事?

沈柯轩这个人真耐人寻味,平时神龙见首不见尾,怎么突然今天有这闲工夫来吃饭,安诗韵叫他陪他就来陪吗?身边还不带一个跟班。果然还是安诗韵太单纯了,被沈柯轩这只大灰狼玩得团团转!

江水不安地坐在位置上,上菜吃菜,上汤喝汤,几乎不跟总裁有眼神交流。

"久等了,这是我们家的招牌大闸蟹。"服务生端着引人食欲的大闸蟹上桌,随后摆上精致考究的蟹八件。

江水的眼睛立刻黏在肥美的蟹螯上,沈柯轩不以为意地勾了勾嘴角,挑中她目光盯住的大闸蟹取走,望着放在江水一侧的工具,声音不起波澜:"把那个递给我。"

"嗷!哪个?"她本来就因为自己看上的大闸蟹被夹走而难过,于是口气也不怎么好。

"锤。"

"哦,给。"她拿起一样工具。

他白了她一眼:"不是斧。"

他觉得好笑,她蒙蒙的样子很可爱。

过一会儿。

"刮。"

江水差点笑出声:"啥?沈总你刚刚……学青蛙叫?"

"刮子。"他没好气地确认一遍,在她手忙脚乱仔细辨认的时候自己俯过身拿起来,举到她面前,"记住了吗?"

江水看他如此大阵仗只得讷讷地点头:"记住了。"

他坐回位置,姿势优雅地敲敲打打,一阵铿铿锵锵的声音,蟹肉的香味悠悠飘到她的鼻前,她甚至都不敢深呼吸勾起大快朵颐的食欲……

"给你的。"

江水的碗里突然多了一大块完整的蟹腿肉,软白香糯,边缘缀着淡淡的红边,一看就甚是可口,她似乎都能想象到吃进嘴里的味道,可是……

她惊讶地瞪着沈柯轩:"给我的?"

沈柯轩点点头:"照顾你是应该的。"

江水:"?"

说实话,她现在心绪不宁。沈柯轩这样的举动,让她的心有点小波澜,可是,她很快否认,她不太觉得沈柯轩会喜欢自己,或许像他那样的人,照顾女士是绅士行为,没有什么特别的意图,不然……

一桌子菜上齐后,服务员突然关闭了屋内的灯。

"哎哎哎……停电了吗?"江水不知所措,不知道为什么好好的一顿饭突然有了鬼屋的气氛。

桌上的蜡烛猝然点亮。

江水的目光随着火苗一跳,忽然心头不安,瑟瑟发抖:"沈总,您这是?"

沈扑克到底要干什么?

蜡烛后的沈柯轩,在烛光的照耀下,乌黑的瞳仁变成了琥珀色,睫毛忽闪忽闪。

在这样的情境之下,她觉得沈柯轩的脸比鬼还可怕。

"沈……沈总……你要干吗啊?"江水捂着胸口,来自写手的脑洞开始畅想,不要告诉她,沈总其实是一只吸血鬼,今晚就要大开杀戒。

"我有话对你说。"

黑暗中,沈柯轩的声音尤其温柔。因为他觉得对面的江水估计被安诗韵言中,很吃这一套,烛光晚餐,偶尔做一次,确实挺浪漫。

"什……什么?"

沈柯轩犹豫片刻,准备先澄清:"我不喜欢男人。"

"……"

"真的不喜欢。"

"哦。"江水顿了顿,"沈总就是跟我说这个?"搞这么大阵仗,就为了说这一句话?

沈柯轩突然起身,绕过方桌慢慢走近,一只手撑在桌子上,另一只手犹豫片刻,轻轻搭在江水的右肩上。

江水明显一颤,一抬头,沈柯轩的脸近在咫尺,他的眼神好似盛满着温柔与深情,让人慢慢就溺在里面。

她咽了咽口水。

"沈总,我错了,我开玩笑的……你有什么事就直说吧,别这样……"

　　江水被沈柯轩暧昧的动作弄得万分不舒服,心脏在胸腔擂鼓。眼看着沈柯轩的脸缓缓靠近,且没有停下的意思,她的眼睛逐渐瞪圆,与他四目相对。

　　两人的脸都红到了耳根。

　　沈柯轩忽然卡在这里,两人干眨眼,因为他不知道后面该怎么做。

　　气氛暧昧之后,该怎么做?

　　他本来想听从安诗韵的建议,什么"邪魅地靠在她耳边轻轻呵气",可没想到江水会抬头。他只是想要澄清自己的性取向,可她突然靠得那么近,他心里莫名地想要吻下去……

　　沈柯轩的嘴唇慢慢压下来,两人的鼻息交织在一起。

　　江水感觉自己的脸热辣辣的,一颗心跳到了嗓子眼。怎么会呢,她开始慌张了,可她知道,自己慌张的,并不是沈柯轩暧昧的举动,而是自己的反应,心跳、呼吸,都变得紊乱不堪。

　　她甚至不想躲开。

　　她屏住呼吸,双手攥紧衣角,如果沈柯轩想要吻她,她……也好想吻上他的唇。

　　咚——

　　江水如梦初醒,大力出奇迹,一把将沈柯轩推倒在地,夺门而出。

沈柯轩猛然记起，江水是学过跆拳道的……

大意了。

他确实要考虑考虑安诗韵教给他的妙招了。

2.

当天晚上，江水思来想去觉得沈柯轩不怀好意，他和安诗韵在公司暧昧不清，还明目张胆地对南华有意思，现在还……种种迹象表明，这就是个渣男。

安诗韵多好的女孩儿啊！

江水在床上辗转反侧，决定打电话给安诗韵。

"喂，诗韵，我觉得沈柯轩是个渣男！"

安诗韵正呵欠连天地做报表，听到这个，精神为之一振。

"啊？怎么啦？他怎么渣你了？"

江水："嗯？为什么渣我？"

安诗韵："嗯？那你为什么说他渣？"

江水："他不是你的男朋友吗？"

"噗……"安诗韵一口咖啡喷到笔记本电脑上，对着手机咆哮，"不是啊！你怎会这样想！你清醒一点！"

"啊？你们是兄妹！"

江水在被褥里叫出声，惊得门外的模特也"嗷呜"一声在狗窝翻了个身，还以为哪里有贼。江水半夜就边摸狗头边听这个今年以来最狗血的故事。

"对，没错，你想象力太丰富了啊……姓不一样还不好解释，我们三兄妹每个人的姓都不一样，大哥跟他亲爸姓，沈柯轩跟他亲爸姓，我跟我妈姓。就是这样，大哥二哥一个妈，我和二哥一个爸……那是上一辈的纠葛故事……还有，你岂止是怀疑错目标……"

江水陷入震惊，他们的家庭背景也太复杂了吧，只有编剧才敢这么编。

"天哪！不过你们是亲兄妹，为什么不说，害得人家误会，不只是我，大家都怀疑你们有一腿。"

安诗韵翻白眼："我都知道啊，是沈柯轩不让说嘛，大家没事就喜欢听八卦传八卦，我都 OK 啊，没有妨碍我喜欢南华……"最后声音轻了下去，几乎轻得听不见。

为了掩饰自己的小心思，她忽然提高音量："反正你别激动啊！别在公司传出去，我就跟你一个人说啊……"

"哦，原来是这样，那我就……"

"那你就什么？"安诗韵心里"咯噔"一下，有很不好的预感。

"那我就可以心安理得地 YY 了，你等着啊，写完开头就给你看，要是能改编成剧本就更好了！"

"你要开新文啦？真棒。哎，不对……喂，你的重点呢！什么叫心安理得地YY？啊？"

晚上，沈柯轩非常困，安诗韵还打电话过来质问。

"哥，你怎么回事，差点我就可以做小姑子了。"

"……"

"是不是功课没有做好，跟你说看文学招看文学招，书到用时方恨少，给你一个G的文包都不知珍惜。"

"……"

"拿出你霸道总裁的潜质，一定要宠得她摸不着头脑，胜利在望，我先睡一步。"

"……"

沈柯轩本来心情就不好，被这样一吵，睡意全无，也就随意翻阅起安诗韵发给他的文包。

不翻还真不觉得，一翻他就再也不怕失眠了。没多久，他便有了沉沉的睡意，并且觉得自己疯了，居然深更半夜看这些毫无营养的总裁文，实在有失总裁的体统。

他总结了三个总裁的特质：一邪魅狂狷软磨硬泡，实在不行扛起就跑；二请客吃酒商场全包，五星酒店大床备好；三壁咚强推……尺度太大不适合他。

沈柯轩找不到打火机,点不了烟,又强调一遍戒烟。

他内心泛起极大的……涟漪。

江水怎么会喜欢这些?

哼,就算她会喜欢,他也不会放下自己的身段。

他把平板电脑丢开,卷来被子,睡觉。

3.

这几天总裁去了趟外地,江水原本跌宕起伏的心情逐渐平稳,加上剧本工作进入尾声,天天赶稿子,根本无心他事。

经过编剧组众人的齐心协力,剧本终了,大家可以放松一下,然而江水,每天的神经仍然紧绷,因为——

总裁回来了,还似乎坏了脑袋。

不知道是不是错觉,他在她身边出现的次数越来越多,有时候还把她叫住,等半天,硬是冷冷地问一句:"有没有空?"

没空!当然没空!谁敢跟他出去!她还有一堆小说没写,没空!

这天,江水又碰到沈柯轩,他的脸显然比昨天更臭。

她侧过身企图在并不宽敞的走廊快速通过。

"站住。"沈柯轩没有放过她。

"沈总,那个,今天我也没空啊,安导叫我过去磨细节,我先走了。"她转头立刻想走。

沈柯轩肉眼可见地犹豫了一下,然后快速逼近,高大的身影笼罩下。江水嗅到一丝危险的气息,无奈地往后退,直到后背撞上坚硬的墙面,两人的距离近得不能再近。

"咚"的一声,沈柯轩一手撑在墙上,低下头,静静地看着江水,另一只手扯了扯领带,突然有点邪魅和狂狷。

江水蒙蒙地干眨眼,哈?这是传说的壁咚?

"女人,你不要玩火。"

"?"

"我提的要求,你不能拒绝。"

"??"

"当然,作为报答,你想要什么,我都可以给。"

"我想要麻烦你让个路。"江水推推他的胳膊,没推动,心里犯怵。真奇怪,原本画风就不太对的总裁突然表现得像个重度总裁文中毒患者,他是中了什么邪?

沈柯轩程式化皱眉,摇头:"不行。"

"那沈总要干吗?"

"我……"沈柯轩支支吾吾,怨恨江水不按常理出牌,"安诗韵生日快到了,你去参加她的生日会,要穿一件有品位的衣服。"

(安诗韵:我生日过去快半年了啊喂!)

　　江水觉得沈柯轩就是想泡自己,她拿手摸摸他的额头:"没发烧啊。"

　　她的手被握住,大概以为这是对他爱的抚摸。

　　"走。"沈柯轩嘴角扬了扬,丁点小心思在一直紧绷的冷面下藏不住了。

　　她愣了会儿,从没觉得高高在上的总裁会离自己这么近,就像上次雨夜一起吃砂锅……又怎么样呢,不就是选件衣服。

　　她的手被沈柯轩牵着,不知道自己在做什么。

　　但是,她感觉心脏在怦怦跳。

　　入了冬,商场的服装店顾客盈门。

　　江水想着应该给安诗韵挑件好看的呢大衣,于是走进一家轻奢的服装店。

　　平时店里的店员看见顾客都是随意挑选,最多指引一下试衣间,可今日来了位貌美如花的顾客……

　　"哎哟,帅哥,来带你女朋友来买东西啊?"店员凑过来殷勤地问。

　　江水瞅了眼沈柯轩,他依旧一脸冰冷,比今日的寒风还冷。

她心里默默为店员叹了口气，哪来的铁头姑娘敢碰沈柯轩这样的硬钉子。

沈柯轩照样在沙发上稳如泰山，二郎腿跷起，不动声色，一双眼睛放在江水身上。女朋友，呵，挺有眼光。

江水相中一条水蓝色短款大衣，先看了眼标签，一万八，脸绿成史莱克，默默放了回去。

这衣服设计得真好，料子一摸就很有质感，她恋恋不舍地移开视线，下一秒，这件衣服就被沈柯轩从衣架上取下来，交给店员。

"包起来。"

"哎？沈总？你……干吗啊？"人傻钱多吗？江水一脸蒙。

沈柯轩头也不回地说："我觉得很好看。安诗韵会喜欢。"

"行吧。"妹控属性暴露无遗了。

最后，江水拎着大包小包跟在双手空空的沈柯轩背后小跑，她对今日他的表现充分怀疑。

有病吧！这一天下来，她每一个看过的、摸过的，不管是衣服、包包还是山地车，甚至还有个篮球，沈柯轩全部买了下来，问他为什么，他就说"安诗韵喜欢"，安诗韵喜欢那么多？

每次看到他结账时那哗啦啦转出去的数字，她就恨不得把自己的眼睛抠下来。行吧，有钱任性的沈柯轩是个妹控，安诗韵要说喜欢这个商场，他也能包下。

沈柯轩停下脚步，拧着眉毛转头看着似乎很是吃力的人，大发慈悲地来到她的身边。

"重吗？"

江水摇摇头："还行。"心说哪能不重，几十万的东西呢！如果他有点绅士的品格，都会帮她分担点。

"哦，我车子就停在那边，很快就到了。"

人渣！

他的表情怎么有点贱呢，刻意又装作无意地瞟她几眼，好像在说"求我，快求我"。

她咬牙切齿："好啦！求你啦，很重哎！"

说完之后她自己住口，好像有那么点放肆。

她忐忑而强装镇定地看着沈柯轩。

他慢慢走来，忽然一把将她抱起。

什么情况？干什么？怎么回事？沈柯轩要做坏事吗？

"哎……哎！沈总，干吗啊！这样不好吧！"江水挣扎着，手上的几个袋子落到地上，但无论她闹多大动静，使出多大力气，他的手始终禁锢不放，把她牢牢锁住。

两人贴得很近，彼此能听到对方胸膛里的心跳声。他注视着她，想要给她安全感，想要她不要那么惧怕自己、推开自己、远离自己。

最后,沈柯轩避开视线,并没有松开她,而是一手捡起地上的袋子,边走边说:"我觉得很好,你有什么事,都可以向我开口。"

江水咬紧下唇,双手微微颤抖,小心地环住他的肩膀,疑惑地望着他的侧脸。刚刚他的眼神,很真诚,也很……令人害怕。

他到底是什么样的一个人啊。

今日的沈柯轩尤其奇怪。

直到听见"砰"的一声车门关好,她猛地回过神,今日他的所作所为,要么是真的想玩弄自己,要么是……真的喜欢自己……

无论哪种,都很可怕……

Chapter 14
女人，你逃不掉

1.

"哥，你到底干什么了，刚刚江水跟我请假说要搬家！"

安诗韵风风火火闯入沈柯轩的办公室。

沈柯轩眉头一抬，脸转到一边，傲娇地表示他跟此事没一点关系。

"得，肯定是表白不成功。"安诗韵一眼看穿，"你都两天没下去编剧组办公室转悠了。跟妹妹说说，参谋参谋。"

沈柯轩烦躁地摆摆手，意思是不必了。就是因为太听信安诗韵的策略，他才会把好好的一顿晚餐搞砸。

熟透了哥哥这种遇事雷打不动的性格，安诗韵挑挑眉，坐上办公桌："哥，你不说我也知道，什么都不说就要亲人家，活该被江水摔出去。"

"闭嘴。"沈柯轩严肃地皱起眉头。心情已经很不好了，还要来添油加醋，信不信给她加工作。

"要我说啊。"安诗韵又发动歪脑筋，"正好这几天微博很流行土味情话的，我觉得你可以去试试，保准一试一个准！"

"什么？"沈柯轩投来询问的目光。

"就是这些，哈哈哈，虽然很土，但是女孩子最吃这一套，前几天南华就跟粉丝说了……"

江水请假两天，连夜收好行李包裹，预订了一辆搬家货车。

一大清早，江水就坐上货车从员工宿舍风尘仆仆地离去。

"哎哟，小姑娘，搬家啊，有人帮忙吗？"货车司机挺健谈的，是安诗韵介绍的，在业内很有口碑。

"有的，我……家里人都会来帮忙的。"女孩子出门在外，防人之心却不可无。

两人有一搭没一搭地聊着，直到司机中途接了个电话。

挂断电话，司机眉头紧促，不愿再跟江水多讲话的样子。

江水只当是司机有些不方便告知的事，便不再多问。车内安静下来，由于一夜没睡，江水便靠在椅背上呼呼大睡，最后还是被司机拍醒的。

"小姑娘,到了。"司机说完就下了车,殷勤地帮忙抬东西,望着江水欲言又止。

江水打了个瞌睡,伸伸懒腰,脚一沾地,四处看看,觉得哪里不对劲。

司机师傅搬完为数不多的行李,擦擦汗,留下一句"小姑娘自求多福吧",油门一踩,溜得飞快。

江水站在行李中间,一脸蒙地看着司机匆匆离去,仔细环顾四周,心一沉,坏了。这里分明不是自己寻好的住处!她这是到了哪里?

面前是一栋花园式别墅,一看就格调非凡,大片草坪修剪整齐,银杏树落下的叶子黄灿灿铺满通向家门的小径。大门内有一座小水池,立着晶莹剔透的雕像,喷泉暂歇。

咔嚓!咔嚓!

有人踩着落叶走了过来。

江水踮起脚抻长脖子,心里咯噔一下。

为什么搬家车会直接开到沈柯轩家?

"沈总,怎么回事啊,我的搬家车怎么开到你家里来了啊?"

沈柯轩的视线落到她手里的拉杆箱上,他不由分说轻巧地提了过来。皮肤触碰,在寒凉的季节有些温暖。江水心尖一瑟,瞥了他一眼。

沈柯轩盯住江水,看她疑惑的样子,正色道:"不是开到我家里,装着你的车子,直接开到我心里。"

"沈总你有病……不是沈总你又生病了吧?"

这突如其来的土味情话为哪般?要不是沈柯轩位高权重,她真想捡把沙子撒他眼睛。

"是的,我病了,我得了想你的病。"沈柯轩仍然严肃地说,板着脸,一本正经。他觉得自己学到了精髓,这次拿下江水一定没问题。

想到这个,他的嘴角勾起了邪魅一笑:"女人,你逃不掉。"

江水摸了摸身上的鸡皮疙瘩,皮笑肉不笑地指着他左脸颊:"沈总,昨天拔智齿了?你这边脸有点瘫。"

沈柯轩非常挫败,他不知道江水的脑回路怎么长的,究竟在想什么。他明明就在表明心意,为什么她就不明白。

"沈总有什么事就直说吧!"她受不了这样不阴不阳的腔调。

沈柯轩开始支吾,索性把江水的手一拉,连人带箱拖到房里。

门咚地一关,江水跟着一震,像只被吓坏的小猫。

沈总又发什么神经,打什么坏算盘。

又是"咚"的一声,沈柯轩单手撑着墙,将她笼在自己的身前。什么霸道总裁,什么土味情话,如果心意没有传达到,再显眼的包装都无用。他的心意,如果被接收到,一定能收到理想的回应。为什么不自信。

"江水。"沈柯轩释然了,挑起她的下巴,微微一笑,"我喜欢你。"

"!!!"

五雷轰顶……

江水愣在原地还未做出反应,衣服口袋里的手机丁零丁零响了起来。她迅速伸手去掏手机,沈柯轩的手却先一步按住她的手,将她的手握在手心。

"不要接……"他的眼神近乎恳切。

这时,沈柯轩的上衣口袋同样传来手机铃声……

这就很尴尬了。

2.

沈柯轩面露难色,挂掉一个,铃声始终坚持不懈地响起。

"沈总……你接吧。"

"我……"

"快接啦,万一有什么要紧事。"正好也给自己空当跑路。

沈柯轩接了电话,神色凝重起来。不一会儿,他把手机递给江水。

她眨眨眼睛，正纳闷怎么火引到了自己身上，安诗韵急迫的声音传入耳朵。

"江水吗？江水接电话了吗？江水？"

江水虽然不知怎么回事，但第一次听见安诗韵这么慌张的语气，也严肃起来。

"是我，诗韵怎么了？发生什么事了？"

"好，江水，你听我说，你写的这个剧本现在被曝抄袭，已经挂在网上，调色盘（将抄袭文与原文进行对比的表格）也上了，现在舆论一边倒。这几日你先在沈总家待几天，我等下就来。"

"什么？我没有抄袭！我的文都是自己一个字一个字码出来的！"江水如遭兜头一盆凉水，浑身冷得发颤，不敢相信自己的耳朵。"不是，你你……你怎么知道我在沈总家的？"

"我当然知道，因为……这不是重点！重点是我相信你，可是全网已经开始攻击你，我不想利用你来炒热度，相信我哥也不想。"

那边"嘟嘟嘟"地进来电话，安诗韵匆忙打个招呼就挂断了电话。江水抓着沈柯轩的手机手心出汗，继续发蒙。怎么会这样，为什么有人会污蔑她。她没有抄袭！她要怎么证明她没有抄袭！谁又能相信！

"沈柯轩……我没有抄袭。"

江水只感到无力，浑身无力，正如第一次被构陷，剥夺成果那样，她对此种情况本能地惧怕。那时没有人相信她，尽管她说的才是真话。可是同样的情况再次出现，她还是非常想要有人站在身边，听听她说的话，她没有撒谎，她没有抄袭！

沈柯轩……他会相信吗？他有这个闲心吗？不，他怎么会懂……

"江水，别怕，有我。"

她的肩膀被握住，抬头，沈柯轩关切地注视着她，好像要给她力量。

他的声音稳稳地传来，让她听了鼻尖发酸。她看着沈柯轩，一时不知说什么。

这个圈子就是这样，污蔑造谣数不胜数。

若不是自己关系到公司的新戏，他怎么会向着自己。

都是资本家的话术，诡计罢了。

可是她又觉得自己不争气，因为她感到双颊微热，泪水不自觉地滚了下来，单单因为沈柯轩的信任。

她太久时间都是一个人去面对了，她也想要有人分担自己的压力。而这个人，会是沈柯轩吗？可以是沈柯轩吗？

"江水，我已经让刘言去查了。"沈柯轩轻轻地握住她的手，一字一顿地说，"我相信你，我绝不允许别人诋毁你。"

她心里暖暖的。

望着面前这个男人,她一时竟有扑进他怀里的冲动。她缓缓低下头,说声:"谢谢你。"

平静下来,现在不是颓丧的时候。

到底是谁在背后捣鬼?

尽管安诗韵千叮咛万嘱咐江水不要上网,江水还是手贱地点开微博,被骂得体无完肤。

网友们对她各种人身攻击,稍微理性客观一点的意见都被打上水军的标签。

她就奇怪了,她一个网文界十八线的糊咖,还有闲钱雇水军?

不过一溜刷下来,倒是有个叫科维奇马尔的ID非常眼熟,一直在帮她回怼网友:

"不,木偶不是那种人。"

"我相信她的人品。"

"她没有抄袭。"

语气义正词严。

看看时间,这人大概也是闲的,从早上九点开始刷,刷到现在下午四五点光景。她江水居然也有死忠粉啊,可喜可贺!

然后,她又看到挂在热搜上的南华了。是一条"南华 转发"

的微博,她点进去看,发现南华转发的是安诗韵公开支持江水没有抄袭的那条微博。嗯?这两人什么时候搞在一起了?

她刚要问情况,南华发来微信:"你火了知道不。"

她回:"知道,不要羡慕。"

"别扯皮了,知道你心态好。但是我发现,造谣的是个透明来着,看起来不像是业内竞争对手,难查。"

"难查也要查,你也看到了,能劳动那么多大V转发,肯定有来头。"

江水早就发现了,最初的举报人是一位小透明,比她还透,说什么自己辛辛苦苦写的文被以前很喜欢的作者抄袭融梗了,什么信仰崩塌了,怀疑人生啊,得抑郁症啊——抑郁会迟到,但从来不会缺席。

"我猜……"南华说,"绝对不是一个小透明作者自发举报的行为,对方绝对有组织有策划,这篇文要不是我看着你一点一点写起来,我也就信了。"

"我哪篇文不是一点一点写起来的!"

"调色盘看了吗?她这篇时间三年前,你这篇两年前,时间线没法作假,证据无懈可击,舆论一边倒,你打算怎么办?怎么自证清白?"

没错,最要命的是时间线,莫名其妙横空出来一篇时间比她早一年，内容基本一致的文，说她抄袭小透明。

真的假不了，假的真不了。她自己亲手写的文章，还能被掠夺了不成，一定能找到线索和证据。

江水搜到调色盘，一一对比。

"小花放心，拍你的戏去，我能有什么事，大家爱骂就骂吧，如今本来就是不理智的时代。通过谩骂能让那些 loser 获得快乐，彰显自己的正义感和是非观，那就随他去呗。他们骂的是抄袭狗，而不是我。"

"啧，还说自己没事。"

微博消息界面提示，盛世总裁沈柯轩给安诗韵那条微博点了赞。

江水不自觉地松了一口气，心里踏实了一些。

一天微博刷下来，起初很是愤懑，浑身充斥着那种有冤无处诉的憋屈，她想找人说，找人澄清，可是，网络这种环境，没人会相信，没人愿意相信，多的是看热闹不嫌事大的人。

直到看见沈柯轩的点赞，她忽然想到，她有盛世撑腰怕什么，对啊！她自己身正不怕影子斜，身后还有盛世撑腰。

她要做的不是以谩骂回应谩骂，以赌咒要挟赌咒，而是重整旗鼓，把身上的灰抖落干净。不要辜负信任自己的人，集中精力证明自己。让公司知道，让沈柯轩知道，她是什么样的人。

凌晨四点，江水还窝在公司的电脑桌前搜集信息，困了就去沙发趴一趴。都怪沈柯轩，把她的家当运到别墅，害得她无家可归，还是在这个紧要关头。

江水打着瞌睡，眼前一亮。

功夫不负有心人，调色盘果然对出东西来了。

游戏！女主爱玩的那款游戏！蹦一蹦那款游戏……

她颤抖着双手第一个点开的联系人，发现是沈柯轩。

"咚咚咚！"

有人敲门。

随后门被推开，江水看见沈柯轩走了进来。

"查到了。"

沈柯轩拿着一沓资料，面色很差，头发乱糟糟的，径直走到她身边坐下。

江水抚着胸口："沈总，这么晚还在公司，吓我一跳。"他不会一晚上没睡吧。

沈柯轩含混地应一声，指着资料对她说："网上的言论已经压下去，那位作者的 IP 地址查到了，你应该熟悉。"

"我熟悉？"江水接过纸张，血液越发沸腾，那家工作室——就是盈儿翩跹的工作室！显而易见，这一切是盈儿翩跹策划的。

江水平息一口怒气，压着声音："羊毛也不要只往一只薅，她觉得占我的便宜一本万利，还是蹭盛世的热度有益无害，要不得名，要不得利，怎么着他们最近的一部小糊片都能得到注意。"

"做梦。"沈柯轩简短地说出两个字。

江水一愣，感觉夜里的空气都不冷了。她索性搬张凳子凑近，把自己刚才好不容易找到的证据给他展示。

"沈总，我发现她诬告我抄袭的证据了。"

沈柯轩立刻握住她的手机，好像故意没意识到他同样握住她的手。掌心的温度传来，像烛火尖尖的一丁点烫，乍一暖，焐到心里去。

江水也假装忽略这个细节，解释说："我对过调色盘，她的时间比我早一年，这是最难解释的地方，也是漏洞所在。沈总你看，我写的这款蹦一蹦游戏是两年前出的，她的文照抄了，连名字都不带换的，两年前的游戏怎么会出现在三年前的文中，明显是她故意诬陷我。"

"她想火。"沈柯轩似乎松了一口气，眉头舒展开来，随即一抹冷笑挂上嘴角，"我就让她火。"

江水哆嗦了一下。

沈柯轩这人虽然平时看起来脑子有点脱节，总归不是坏蛋，可他刚刚的脸色，真让人觉得不好惹。

"你发条微博，把证据摆上去。"

3.

江水拟好内容,于凌晨四点半发出。

立刻,红色的消息弹了出来。

是沈柯轩。

她抬头看看对面的总裁,他装作没意识到,仍盯着自己的手机屏幕。

"叮咚!"

微博私信传来。

沈柯轩:我是第一个。

江水:……沈总你就坐我对面!

沈柯轩:比南华快。

江水:你为什么要在意这个?

江水:能不快吗?

江水:你就看着我发的!

沈柯轩发了个【得意】的表情。

等等,这种调调怎么觉得似曾相识。

江水福至心灵地点进沈柯轩的主页,她过去还从没注意过的。刷进页面,内容寥寥无几,很快就翻完了,都是很公式化的内容。但是看到他的点赞,总觉得哪里怪怪的。他给公司相关内容点赞,比如新戏宣传、艺人海报，或者给她江水点赞都不奇怪，问题是突然给一个注册时间不到几天，微博里没有内容的甚至连头像都没有的 ID 频频点赞，科维奇马尔这个昵称还如此耳熟……

莫不是……

沈柯轩有这么无聊吗？

江水精神为之一振，咧嘴笑了笑："沈总，科维奇马尔是你的小号吧！"

沈柯轩躲开视线，装作困了。

好了，就是他，非常明显。江水又想到什么，"呀"了一声："那马尔科维奇也是你，这两个名字那么像。"

"怎么了？"沈柯轩含糊地说。小妮子现在才知道，真迟钝。不然呢，以为他是谁，现在知道了，看她怎么感动得痛哭流涕。

他也没那么闲，一个一个回怼网友，他才不是为了她，只是觉得当今网络风气太差，污言秽语太多，他看着不爽。那些诛心的话怎么能泼到他的女人身上去。反正他没事干，还有钱。

"沈柯轩，谢谢你。"

江水的语调柔和下来，好像一下子把两人之间的距离拉近。她想到他在背后做的一切，真是"田螺姑娘"。她从来不知道，他会默默关注着她，没有期望她会发现，只是安安静静地帮她的忙。她一直以为他喜欢自己是一时兴起，等到腻了就立刻转身离去。他却用最拙朴的方法传达他的心意。

是自己不够勇敢，不够自信。

沈柯轩放下书本，想了想，微微一笑，说："拿出诚意。"故意扯了扯自己的衣领。

"啊？"江水从自己的情绪中惊醒，跳开一小步，双手防御，"你要干吗？不要乱来啊！你这人不能这样……"

他一伸手将她扯到自己怀里，双手揽得紧紧的，低头看见她羞红了双颊，心中得意。

"沈柯轩！"江水其实穿了很多衣服，热得脸红，手却被他攥住挣脱不出。但是她好像不抗拒，她平缓下来，无奈地抿了抿嘴，索性坐在他膝盖上，盯住他的眼睛。

比赛木头人是吧，看谁耗得过谁。

四目相对，两个人的身影互相映在对方的眼眸中，荡开一片片的涟漪。

江水微微张开唇，却把牙关咬紧。她……她想吻他的唇。

两个人的呼吸越来越近，纠缠一起打了个千千结。

沈柯轩猛地转开脸，从兜里掏出手机。"咔嚓"一声，给两人拍了合照，然后拿过她的手机。

"沈柯轩……你抢我手机干吗啊？"

"设置成来电显示。"

"不要,那不是谁都知道了?"

沈柯轩忽然捏了捏江水的脸:"就是要谁都知道。"

江水愣了愣,红着脸闷吼:"才……才不要!"

接下来两天,盛世官博亲自下场撕工作室,官宣:"欢迎广大读者捉虫。"以江水微博头条为例,发起到小透明作者"原著"找 bug(漏洞)活动,转发抽三百个人发奖金五百元。

江水看到这条消息都要泪流满面了,果然背靠大公司好乘凉。和盈儿翩跹那笔账,如今也该算算清楚了。

这下好了,她那本五十万字的文一个人没法好好看下去,可放到网上,集合众人的力量,两年前才出现的流行语、电影电视剧,甚至社会热点、服饰流行全被挖了干净,还有她记错的两句诗,小透明的"原著"也是照抄不误的。

于是网上的舆论一夜之间转向,"太精彩了这反转""到底谁抄谁呢""我就说木偶大大学历高,根本不屑抄袭的啦"……

盛世没有善罢甘休的意思,一封律师函告过去。他们立刻跳出来澄清,说是作者自发行为,与工作室无关,把自己择了个干净。

这回让那工作室是狐狸逮不着还惹一身骚。

"滴滴滴……"

江水许久没上的 QQ 传来消息,原来盈儿翩跹已经在微信上被她删除,还躺尸在 QQ 号列表。

她声泪俱下地诉说自己的悔恨,看在以前的情分上,求求江水能放她一马……

江水什么话都没回,删除,拉黑。干脆利落。解气。

自从她蓄意占用自己的文章,江水早就单方面宣布一刀两断,谁跟她有情分。如果人不能为自己所犯的错付出代价而得到原谅,世上的公道往哪边倾斜。

江水心不软,沈柯轩心更硬,直接转了盈儿翩跹的微博,加上一句:造谣就是造谣。

事情到这里差不多结束了,剩下的就是清点成果,等舆论的热度过去,然后被另一个热点代替。

江水趴在桌子上,怎么想怎么觉得扬眉吐气。能遇上沈柯轩,能被人关心、保护,原来是一件这么好的事。

转眼,天渐渐暗下去,到了下班的时候。

江水东西收拾一半,突然想到,她回哪儿去?她家已经被沈柯轩搬空,只有一张床和一床被子了。

街边,寒风萧瑟,江水迷茫地看着来往的车辆,想着要不要给安诗韵打电话……

一辆蓝色跑车呼啸而来,刺溜刹在跟前。江水看了眼,把包一夹,径直往前走。

"站住。"沈柯轩从车里跑出来,他不明白为什么她现在见到他还躲,"我接你回家。"

"你家?不了不了。"江水顿时觉得压力山大,这也太尴尬了吧,虽然他们……可是……名不正言不顺,而且还要寄人篱下,这么脑残的事亏他做得出来。就算要追,也要走个过程嘛!

沈柯轩更想不通了:"不然你住哪儿?"然后以特别正经的语气说,"我已经派人把模特从宠物店抱过来,过两天大胖打完疫苗回家,可以做个伴。你没地方去。"

什么?狗都被抱走了!

沈柯轩拉住她的手,她的手冻得有点红,他捧在手心贴到嘴边呵几口气,搓得暖了些,仍握住不放,想了想,盯住她的眼睛。

"我有话说。"

4.

天已经完全暗下。

车子一直开着,越开越偏——隐约听到起起落落的水声。

江边?她探头观察了片刻,车子已经驶到这座滨江城市的最边缘。倒吸一口凉气,哇!这寒冬腊月的到这里来,沈柯轩脑子坏掉了。

车子没有停下的意思,江水终于按捺不住:"沈总,你不是有话说，带我来这儿干吗啊？"

车前镜里，江水乌黑的眸子忽闪忽闪，水汪汪的，像一只柔软而好奇的小鹿。

"兜风。"沈柯轩撇开视线。

"兜……"江水气噎，兜你个头！

"砰——"

车窗外的江面上空忽然炸开一朵烟花，流光映进江水，微波粼粼。

"烟花！好美啊。"

是啊，过几天除夕了。

"下车吧。"

沈柯轩停在一处空地，拉开车门。

江水一愣，一笑，一脚踩了下去。软软的，是一片沙滩。烟花在不远处的半空绽放，江面时不时传来"呜呜"的船鸣声，灯塔闪烁。

沈柯轩拣了处岩石坐下，没管她，没一会儿，后面跟过来的人就大着胆子爬到他身边。

他很惬意，这片沙滩是他从小到大最喜欢的地方。天气好的话，能看见满天的星星。

"这里夜景真好看啊！我怎么从来没发现过这个地方！"

江水心头的阴霾一扫而空，咧嘴笑了起来。沈柯轩偏过头看她，两人许久都没再说话。直到烟火落幕，时光重归静谧。

"沈柯轩，你要跟我说什么话，你不要装哑巴。"

江水回过头，他却偏过脸直视前方，侧身线条有些紧绷，半晌，说："我很喜欢这个地方。"

"这个地方是很美啊。"她抱着双膝重复了一遍，总觉得今晚沈柯轩怪怪的，又是带她兜风，又是故作深沉，莫非……根据一般总裁文描写，他是不是要开始追她，并且当场求婚下跪奉上鸵鸟蛋大小的钻戒……到时候她嫁入豪门就可以把钻戒倒卖，背地里养两三条小狼狗哈哈哈……

"你觉得冷吗？"沈柯轩发现江水蜷着身子肩膀一耸一耸的，忽然打了个响亮的喷嚏。他的手伸向口袋，眉头皱了皱，摸出一方灰格子手巾。

"噗！"江水接过，盯着手巾不忘打趣，"沈总的审美跟我爸好像，现在还在用上个世纪的东西。"

"所以我才喜欢你。"沈柯轩不甘示弱，完全不清楚自己说出了什么。

"沈总你说什么啊。"她的脸颊露出一个浅浅的酒窝，"沈总是……对我有父爱吗？"

"不是的。"他很快否认，轻轻咳嗽一声，"我，对你，有、有男女之情。"

"男……咳咳……"这回尴尬的是江水了,她现在脑内有个弹幕机,一直在刷沈柯轩为什么可以羞涩得如此大胆,直白得如此放荡。

沈柯轩真以为她呛到,温柔地抚上她的背。

江水受不了惊吓,本能地躲开他。

"为什么躲我?"沈柯轩的手腾在半空,眼底是说不出的黯然。

今夜有风,他好不容易喜欢一个人。

江水感受到他的情绪起伏,就像一个受伤的大男孩,她心里怜惜。但是她很奇怪也很想知道他为什么会喜欢她,因为她很普通。

"你喜欢我什么啊?"

沈柯轩说:"我喜欢你很直白,你和别人不一样。"

"你是真心的吗?"这什么烂理由。"可是我觉得自己很普通,像我这样的人有千千万。"

"可我只喜欢你一个。"

沈柯轩的眸子如星空般闪耀。江水注视着这双眸子,在他的眼睛里照见了自己。

"你有个性,有主见,有脾气,笑起来有点甜。你的一切都很美好。"沈柯轩以一种平缓的老干部音调一本正经地说着。

江水庆幸现在是夜晚，将自己的脸红完美掩盖，声音也羞涩起来："我哪有这么好。"

"你有。"沈柯轩坐近一点，把她的下巴抬起，盯住她的双眼，"那你喜欢我吗？"

水声哗哗地响起，月光柔和地照在两人身上。

江水拂了拂头发，有些羞愧，她……对他是有好感的，但是，她喜欢他什么？褪去身份地位，他这个人会不会一样可爱，一样有魅力呢。

晚风悄悄吹来，一片冷冷的东西落到了脸上，她抬头，看见夜色笼罩下漫天飞舞的雪花。

初雪。

"咦，下雪了？"

雪静悄悄地落着，毫无征兆。

她很少见到雪，一时间什么都忘了，眉眼舒展地笑了起来，然后肆无忌惮地伸手去接，接了小小的冰晶片，就与身边的人分享喜悦："哎，沈柯轩，你看下雪了……"

沈柯轩扳正她的肩膀使她面对自己，再问了一次："那你喜欢我吗？"

江水垂下眼眸，她心里很乱，她也不知道。

那是一种什么感觉。

她单身了二十多年,第一次铁树开了花,她承认有点心动,和沈柯轩接触的时候也有一点点主动,可是……

毕竟人家是总裁,就算有什么想法他们之间也不对等,她是女孩子,就算勇敢也要明哲保身。再说,沈柯轩之前分明那么抵触自己,现在对自己态度一百八十度转变,简直没什么道理。

她自己写总裁文,虽然都是这样的套路,可是现实中哪有总裁相中像她这样的女生,最多是玩玩而已,图个新鲜……

江水往后退了一步,只是轻轻地说:"沈柯轩,谢谢你。我很感谢你做的一切……"

话音未落,沈柯轩将她拥入怀中,热烈的唇就吻了上来,温热、柔软。

她的脑中仿佛一瞬间炸开烟花,等她反应过来呼啦睁大双眼,用力将他推远,冰凉的空气重新灌进口鼻。

"沈总,我还没同意!"她也不知道用什么心情说出这句话,见他的神色从震惊转为失落,像一只受了伤舔舐爪子的小老虎。

她不再忍心看他的表情,转身跑开。

没过多久。

江水灰溜溜地跑了回来。

"那个,沈总……这儿什么车都没有……"

沈柯轩哼了声,不再看她,却知道她在后面跟着。

他很难受,可是没有太多力气去想,打了个喷嚏,头很沉。

一路上,两人都没有说话。

沈柯轩送江水回了公寓,然后离开得很干脆。

江水站在原地望着远去的车影,心中有些苦涩。

江水默默上了楼,趴在床上,今夜发生的一幕幕像连续剧一样播放,沈柯轩的眉目印在她的脑海里,温柔沉稳的语气,安静深情的注视,羞涩又大胆的表白。

要不是像她还有点定力,应该就会陷进去,无法自拔了吧。

可是她不够好,他们之间差距太大,她对他没有信心,对自己也没有信心。

辗转反侧,她的脑海里翻来覆去的还是他,沈柯轩。

都怪他啊,让她这么纠结。

Chapter 15
糖和你，都很甜

1.

当第二天沈柯轩在办公室擤了第八次鼻涕时，做报表陈述的安诗韵再也忍不住笑得打鸣。

"咯咯咯……哥你居然感冒了，哈哈哈哈哈！"要知道沈柯轩小时候经常生病，一生病就要喝很苦的药，长大后他就努力强身健体，因为他最讨厌苦的东西。

"咳咳……把报表说完。"

沈柯轩气急败坏地维持兄长尊严，平时对她太放纵了，这么没大没小。

安诗韵乖乖做完报表，然后问："哥，刘哥给你买的药喝了没有?"

他正在想下个季度的应对方案,头也不抬地说:"嗯,什么药?"

见他一副语焉不详的样子,就知道没吃,安诗韵心机一笑:"没吃是吧,我就知道!那我就……叫江水过来,喂你吃!"

"别……"

昨天被拒绝,今天就见面,对于一个总裁来说,是不是太尴尬。

"我已经让刘哥去了……"

"不用,让他回来……"

"叮!"

门铃一响,然后传来江水的声音:"请问沈总在吗?"

安诗韵跳着圆舞步去开门,冲沈柯轩坏兮兮地眨眼,然后离去,沈柯轩想把垃圾篓子踢到她头上。

此时最蒙的人是江水。她手足无措地端药进来,心说沈柯轩感冒为什么叫她泡药,他感冒又不是她干的,昨天那么冷,她倒是健壮如牛扛住了,偏偏这位公子身娇体弱地倒下了。现在还得给他送药上门,把她当丫头使唤了?

办公室闷闷的,他刚抽张纸巾鼻子擤到一半,声音放轻,放庄重,盯紧电脑屏幕,摆出一副刀枪不入的样子,好像他什么事都没有，他没生病。

江水见他确实没啥大事的样子，她把药搁在桌子一角，便说："沈总，我……放这儿了。"转身欲走。

"等等。"

沈柯轩把她喊住，然后瞟了眼桌面，平静地指派："把桌子收拾下。"

他的声音听起来有些嘶哑，带着微重的鼻音。

看来真是感冒了。

"哦，好。"江水随便应了声，然后看到桌上全是用掉的纸巾，一口气憋在肚里，他哪来的狗脸！她又不是他的保洁阿姨！

江水绕到桌子里侧，一边暗暗咒骂，一边用力抽出一张新纸巾，把用掉的纸巾一个一个捡起来包一大团丢进垃圾篓。

感觉沈柯轩好像在看自己，她一回头，他正襟危坐地对着电脑。难道是她的错觉？

不过，他的耳根子为什么那么红？

她觉得有一丝不对劲，大着胆子摸他的额头，很烫。

沈柯轩愣了几秒缓缓离开，涨红着脸，轻声说："别碰我。"

知道他在闹脾气，他还生着病难受着，何况他还是给她发工资的老板，本着人道主义关怀精神，她不能置之不理。

"沈总你发烧了，快把药喝了，身体要紧。"她的老母亲善心开始发作。

沈柯轩疑惑地望了她一眼,不知道她说这话的意思有几层。她昨天明明已经拒绝他了,还对他表示关心,仅仅是她善良的本性驱使,还是,她有那么一点可能,情不自禁地对他一人表示关心?

他摇摇头。

江水以为他不喝,索性搬来边上的凳子坐到他身边:"安导让我盯着你把药喝掉,她说你怕……"

"我没有怕苦。"沈柯轩觉得这个女人真是很大胆,她放下药碗不仅没有灰溜溜地回去上班,还坐过来,靠近他——这分明就是赤裸裸的勾引。

她是对他欲拒还迎吗?

"噗!"她忍不住一笑,眉眼弯弯的。

她觉得此时的沈柯轩就像一个闹脾气的小孩儿一样。

忽然同情心泛滥,她把药端到他面前,拿起调羹舀了勺药吹凉。

"前几年我外婆刚生病,她也突然变成小孩子,不喝药,老是皱着眉说'怕苦,不想喝',没想到沈总也怕苦啊。"

沈柯轩有点不高兴,脸更红了:"我说了,我没有怕苦。"像是证明似的从她手里端过药碗喝了一大口。

"哎，小心烫……"

沈柯轩被烫得呛住了，心说被这个女人坑死了。

看着碗里的中药，他一点也不想再喝，老拿调羹拨弄汤药。他哑着嗓子问："然后呢？"

"哦，我每次都会准备一粒糖，等外婆喝完了就喂她吃，那时候她总会高兴地拍手，像个小孩儿。"

江水嘴角的笑意让他晃了晃神。

"糖呢？"

江水像是被看穿心事，摸摸口袋："我还真有，有时候工作太晚，会备着些，免得太饿。"说着掏出一颗水果糖放在桌上，"给你吧。"

"剥掉。"沈柯轩不想多动，一副大爷的样子。

喷，还拽起来了，真当自己是大爷啊！不过，谁叫你是总裁呢，你说了算！剥掉就剥掉。

江水利索地把糖纸剥掉，又听见沈柯轩发出简短的两个字：

"喂我。"

她顿时觉得总裁发烧烧坏脑子了，行为举止特别奇怪。

"你又不是我外婆。"我干吗要喂你啊，她心里这么说，手却自动伸过去，"行吧，张嘴，狼外婆。"

"你说什么？"沈柯轩猛一抬头，下巴撞到江水的手，那粒水果糖脱离江水的手沿着她的衣领骨碌碌地落下,她立刻去接,水果糖还是在绒线衫上滚了几滚。

"掉了就扔了吧。"她不知不觉靠得很近,微微抬头,笑容可掬。

一时,沈柯轩像被什么击中心脏,像小猫的爪子一挠再挠,呼吸变得粗重。

她的笑容逐渐放大凝固。

沈柯轩抓住她的手扯到自己唇边,舌头若有似无地擦过她的指尖。他盯着她的眼睛,将水果糖一口咬掉咽下。他眸眼一沉,如果她这么想勾引自己的话,就如她所愿。

江水感觉气氛变得微妙,尴尬地笑:"甜吗?"

他盯着她,身子缓缓靠近。

江水突然心头一跳,想拔出手,却被他用力握住扣在胸前。

"沈总……"

沈柯轩含住她柔软的唇,是清甜的水果味道,他不禁想要更多……

江水已经木住了,脑袋里"嗡"的一声,只划过一行字"被强吻了"。她想到了昨天沈柯轩的表白,不知道为什么,心总是很慌乱。

她挣扎着,却推不开他,只能呜呜地发出声音抗议,但是让她自己都意外的是，面对总裁的骚扰，她好像……并不是十分抗拒，而且，还有些沉浸……

沈柯轩终于想起松开她。

暧昧的氛围被清凉的空气隔开。

他微微向后靠，眼皮半抬不抬，缓缓将下巴搁在她的肩膀上，在她耳边轻轻地说："糖和你，都很甜。"然后头一沉，没了动静。

"喂……喂！"江水喊了好几声，才发现沈总他……病得昏倒了。

她是谁？她在哪儿？她要干什么？

本来要打110，现在却要打120了吗？

2.
医院。

沈柯轩还真娇贵，生个病发个烧一下午都没醒。江水一直没舍得走，回去上班还不如在这里陪着他，时不时给他披披被角。

沈柯轩平时人五人六，冷酷得像个没有感情的杀手，没想到他睡觉时也是如此。

此时，他眉头紧皱，双唇紧锁，好像梦中也不能放松警惕。她看着病床上的他，忍不住缓缓伸出手，轻轻抚了抚他的额头，手指下滑，想要抚平他眉间的褶皱。

意识到自己的冲动,江水的脸微微一红,看看时间,她待得也蛮久,该回去了。

她叹了一口气,刚起身准备离开。

衣袖却被拉住。

江水诧异地回过头,病床上的沈柯轩虚弱地睁开双眼,望着她,然后偏过头。

他轻轻地说:"不许走。"

他静静地躺在床上,阳光照进来,他的下颌线条显得尤其柔和,她的心怦然一动。如果说南华像王公大臣家的纨绔子弟,苏一桉如同中世纪俊美的骑士,那么沈柯轩,在她眼里,是最英秀的异域王子。

她觉得自己的脸越发烫了,为了掩饰,她使劲抽抽手,含糊地说:"我……我才不想陪着你。"

手忽地一空,沈柯轩放开了她,合上眼皮,低头看了看手机发来的消息。

他挪了挪身子,侧过去,不再理她。

"我睡了,你出去吧。"

一瞬间,江水感到特别难受,心里堵得说不出话来。

沈柯轩说睡就睡,马上就没了动静。

肚子咕噜噜叫了起来,江水摸摸空空的肚皮,站在原地,脚像打了桩似的不想离开。

她决定叫份外卖,吃过晚饭再说。

她又不是完全对他没感觉,是的,这么优秀的一个男人对她示好,她本该烧高香了。可是,她还没有收拾好心情,她有点……害怕。

正僵持着要不要把自己的想法告诉他,又不知道如何对他表达。

这时,门外传来一阵急促的脚步声。

门被打开,江水转身望去。

林婳抱着一束花走了进来。她听说沈柯轩生病,推了好几个工作专程从外地赶回来。看到江水在旁边,她打了声招呼:"你一直陪着他啊?"

江水捏捏衣袖,说:"没有,没有很久。"

见沈柯轩睡着了,林婳径直走到床头柜前放下花,又给自己倒了一杯水,咕咚咕咚喝了一大口。

瞧着江水满腹心事的样子,林婳白了她一眼:"啧,真不知道沈柯轩到底喜欢你什么。"

江水眨眨眼:"如果是你,你觉得他会喜欢你什么?"

"那当然是本小姐的美貌啊。"林婳嘴角上扬,傲然得像一朵高岭之花,"哼,可惜我家世人品学问都不差,偏偏被你打败,小野鸡。"

江水鼻子皱皱,双颊鼓鼓的,摇摇头:"爱情……不是用胜负来衡量的。"

"那你在为难什么,你不喜欢他吗?"林婳问。

"我不知道。"

"你不知道?"

林婳心里腾起一团火,她怎么努力都得不到他的心,这位小姐居然还在犹豫,要不是欣赏江水的才华,当江水是朋友,她都要破口大骂了。不过,看江水那副认真思考的态度,江水对沈柯轩绝对不是没感觉。

"我不知道他会喜欢我多久。"江水如实说。她知道林婳的性格,没必要遮掩。

"算了吧。"林婳很快明白江水的忧虑。人生如戏,在红尘中得遇爱情的两个人,又彼此属意真的不容易。她不是放不下的人,真心希望他们能成为眷属。如果沈柯轩爱上的人是江水,她也甘愿放手。

"江水,你知道我为什么喜欢沈柯轩吗?"

江水心里一突。

林婳安慰说:"不要紧张,我已经彻底死心了。我喜欢过他,我不否认。沈柯轩这个人——"她轻轻一笑,"认死理,钻牛角尖,认定了就绝不会放手。"抬眸,亮晶晶的,有些湿润,"恭喜你,喜提本世纪最后一个智商欠费的好男人。"

江水抱住林婳,能得到林婳的祝愿,她很开心。

"林婳,你能找到自己的幸福。"

"那是自然。"林婳鼻子一酸,仍昂着脸,不让眼泪流下来,"臭江水,今天没洗头吧。"

江水故意拱拱头:"是啊,怎么了,臭死你。"

林婳转身离开,临出门前回望病床上的沈柯轩。她苦涩地笑了笑,装睡的人,她是永远叫不醒了。沈柯轩也不再是小时候那个会事事为她出头的小男生了,青梅竹马的情谊也只能停留在年少。她鼻子一酸,脸昂得高高的,眼泪终究滑过脸颊。

原来失恋就是这样一种感觉,心痛,怅然,又隐约较着劲。

她可以对经纪人说,她能演好失恋的状态了。

沈柯轩似乎睡得特别沉,林婳和江水在讲话时他一直没醒来。

等林婳说要去赶通告,走了之后,他才懒洋洋地翻过身,揉揉眼睛。

他按了按门铃,叫来护士准备晚餐。

一看江水还在这儿,他气鼓鼓地没有理她。

他压着声音问:"还没走?"

"刚……刚刚林婳来了,聊了一会儿,你要是不开心,我这就走。"江水受不了他的冷脸。

"我知道林婳来过。"

"啊?"江水吃惊,眼睛睁得怒圆,"喔嚯,沈柯轩,你装睡。"

沈柯轩又侧回身子闹别扭,背对着她。

江水见他这样,心底突然涌上一股勇气。

她走到床边。

既然沈柯轩已经那么努力,她一样应当争取,向他表明心意,因为,此时离开,会成为她最大的遗憾。

她俯下身,隔着被子压着沈柯轩。见他没有反应,她伸出手指戳戳他的脸颊,可他只把脸撇开一点,还是不理。

"哼,沈柯轩!"江水立刻起身,作势要走,"再不理我,我就走了,再也不理你。"

提步的刹那,她的手被用力拉住。

她回过头,对上他那双乌黑的眸子。

他望着她,有些愠怒,但更多的是深情。

她整个人被他用力一拽,扑入他的怀抱。

"干吗啊……"江水被撞痛,双手撑住他的胸膛企图摆脱这个暧昧的姿势。

刚腾出一点空间,沈柯轩又将她一按,紧紧抱住。

扎实的、温暖的、可靠的怀抱,一种从未有过的安全感,像抱着巨型毛毛熊,一旦习惯这种感受,就再也不想松开。

"我听见了。"

他沉沉的声音落下,震得她浑身酥麻。

"你听见什么?"江水歪着头问。

他宠溺地捏了捏她的脸:"你不是问我,会喜欢你多久。听着。"

她点点头,带着些许期待的目光望着他。

"一辈子。"

他说得很郑重,把全部的真心都展示给他。

他嘴拙,一辈子,是他想到最真诚的承诺。

她微微一笑,甜甜的,眉眼弯弯,双颊绯红,心跳扑通扑通。

她望着他,沉溺在他温柔的注视之中。

是的,喜欢就是喜欢,喜欢他的什么都是喜欢。

这或许就是她的答案。

但是……

江水红着脸调皮一笑:"可我还没决定哎。"

沈柯轩明显一愣:"什么?"

江水摇摇头,一脸傲娇:"我还没决定要不要喜欢你耶。"

就是，哪能那么便宜他。当她江水那么好糊弄，非得栽在他一个人身上啊。

沈柯轩气得从床上坐起，嘴角抽搐半天，挤出两个字："你敢！"

"哎呀，反正男未婚女未嫁，选择余地那么大，干吗要吊死在一棵树上啊。"

江水麻溜地推开他，小包一提，走得飞快，出了门还不忘回个头，俏皮一笑。

"沈总，我先回去喽，拜拜！"

沈柯轩猛一阵咳嗽，指着她说不出一句话："你……你……"这个女人！

想跑？没门！

3.
第二天早上，睡梦中的江水被手机的信息提示声吵醒。

她迷迷糊糊地拿起手机，放下，再拿起，惊得整个人从床上弹起。

安诗韵：你跟我哥结婚啦？这么迅速吗？居然一点都不跟我说？

南华：终于，你还是做了资本家的下堂妻，总之，恭喜！你总算遇到瞎眼的了!

苏一桉：恭喜哦，祝你们百年好合，早生贵子。

林婳：结婚快乐。

蒙敌：小姐姐你结婚了？祝贺!

……

她什么时候结婚了？

一溜消息刷下来，意外地发现沈柯轩头上也顶着一个红点，点开一看，是张照片。

照片里两个人，红色背景，一人是她江水，一人是沈柯轩，并排坐着，就很像……结婚照？

她结婚了？

她怎么不知道!

而且她什么时候跟沈柯轩一起拍过结婚照，仔细一看，这张照片是合成的！啊！沈柯轩这个老奸巨猾的人渣!

江水颤抖着点进他的朋友圈，果然，他的第一条状态就发了这张照片，配字：一辈子。

江水气乐了，手一滑还点了个赞。

沈柯轩的信息很快传来。

"老婆，醒了？"

江水咆哮："醒你妹！谁是你老婆！"

"你啊!"

天知道江水是怀着什么样的心情去公司上班的。

只是,一到公司她就后悔了。

整个公司铺天盖地全都是对她的祝福……

"沈柯轩!"

江水闯到他的办公室,见他坐在转椅上悠然地转过身,露出得意的狐狸微笑。

她气鼓鼓地走到办公桌前,双手撑着,嗔怒说:"干吗要P照片啊,你想怎么样嘛。"

沈柯轩站起身绕到她的身边,搂住她的腰,嘴唇贴近,微笑:"不是我想怎么样,是江水你到底想怎样,嗯?"

江水盯了他一会儿。

他的眼里闪烁着真挚、温柔、勇敢,她在他的眼里看到强烈的爱意和期望回应的渴求。

她咧嘴一笑,如你所愿。

她踮起脚,双手搭上他的肩,勾住他的脖子,吻落到他的唇。

"叮咚——"

"沈总,这是胡总的……"刘助理愣愣地走进总裁办公室,见到此番情形后,立刻退出合上门,"哦,打扰了。"同时捂住胸口。

江水红着脸推开沈柯轩,却又被他拉入怀抱。

"我爱你。"

落地窗外的阳光金灿灿的,在冬日里那么温暖。

在爱情的旅途中,总会找到彼此的唯一。

这是遇见的魔力,更是相爱的两颗心,在不断牵引。

她抬起头,目光闪烁,笑着说:"我也是。"

两个月后的某天。

南华从一家蛋糕店出来,边走边接剧组的电话,经纪人神秘兮兮地说有人来探班,问是谁又顾左右而言他。

"总之你拾掇得利索点,快点回来吧!"

搞得他跟要去接见国家主席似的,紧张兮兮的,他还特意整了整衣冠,喷了点苏哥送的香水,人模人样地回到剧组。

剧组租了一座别墅,门前是个小花园,未到开春,天气还冷,地上铺了一层薄薄的雪,只有几株梅花开着。

安诗韵冲他打招呼,穿着毛茸茸的粉色小裙子,矜持又紧张地走过来。

"啊,我来探班。听说这边零下了,给你买了暖袋。"安诗韵提起袋子,取出一个黑白两色印着哈士奇头像的珊瑚绒暖袋,递给他。

南华不好意思，说了一声："谢谢安导。"

被她热辣的目光注视着，他有点羞赧，摸摸头："外面太冷了，安导跟我进去吧，喝杯热茶。"

"不用了，我一会儿就要走。"安诗韵摇摇头，扯扯衣角，"叫我诗韵吧，安导安导，叫得太有距离感。"

"好的，诗韵。"南华突然有点尴尬，只得笑笑。

她莞尔一笑，似乎深呼吸了一口气，然后壮着胆子说："哎，我就是来看看你啊。我哥都追到嫂子了，我也要努努力啊。"

南华一愣，面带微笑："那你努力。"

安诗韵撩撩头发，俏皮地说："不过你刚刚说得对，天冷了，我呢，确实想泡点东西。"

"那你还是跟我进屋去吧，我那儿有咖啡、牛奶、茶……"

她清脆地笑了几声，摇摇头："不是。"忽然，她抬起头，目光闪烁，仿佛映进了雪地里的阳光，脸渐渐涨红，"我……我想泡你！"

安诗韵格外生动可爱，天真大胆。

南华很快回过神："那……你努力？"

"我一定！"

"喂，江水！"临近中午，南华从另一个城市打来视频电话。

江水迅速把音量按轻，蹑手蹑脚准备离开沈柯轩办公室——她被调离岗位了，现在是沈总的贴身秘书。天知道他脑子里想什么，让一个黑白颠倒的编剧现在全天候无休。

虽然她被调为秘书，好像也不是很忙，每天给沈柯轩端茶递水，打印跑腿，有空就写自己的文。沈柯轩这种行为很黏人，但她不讨厌。

她刚走到门边，就听见身后传来一声——

"你去哪儿？"

江水回过头，摆出笑脸说："出去接个电话，怕打扰你。"

"就在这里接。"

江水嘟着嘴"哦"一声，乖乖坐回去。

沈柯轩满意地收回视线，耳朵却竖起来了。

视频那头的人笑出声："江水，生日快乐。给你买了蛋糕，晚上会到。"

"谢谢，难为你如此孝心啊。"

南华故意提高音量："哎呀，以前都是我陪你的，现在做了资本家的下堂妻，就不需要一条裤子穿到大的朋友喽。"

"你个垃圾，是你自己拍戏忙，抛弃朋友跟苏一桉鬼混去了吧，还说我。"江水望了眼沈柯轩，得意地笑，"反正我有沈柯轩。"

"跟你说了多少遍，不要乱用词语！我和苏哥鬼混什么啊，我被你污蔑习惯了没事,你可不能污蔑他啊。你不是也喜欢过苏一桉吗?居然说他鬼混!"

江水感觉沈柯轩的视线杀了过来,微笑着说:"你不要挑拨,苏一桉是我偶像,我对他只有敬爱,至于沈柯轩,才是我一直有非分之想的人啊。"

对方喷了半天嘴,鸡皮疙瘩掉了一地:"怕是沈总在你边上吧?"

"是的……哈哈哈!"

"行吧,没被你们甜死算我命大,不说了啊,赶场子去了……"南华挂掉电话。

江水心里很暖,明目张胆地盯着沈柯轩看,笑得很甜蜜。

"今天生日?"沈柯轩忽然问。

"啊,是的。"江水嗅到一丝危险的气息,连忙解释,"太忙了,我自己都忘记了,不是没告诉你。听南华瞎说,大学以后我基本就不过生日了。"

"嗯。"

片刻沉默,沈柯轩哀怨地望了江水一眼:"害我没时间准备了。你等下加班吧,不到六点不准下班。"

江水:"?"

江水:"你有病?"

她本来以为沈柯轩叫她加班一定有目的，结果下午三点半左右，他自己一个人溜得飞快。

在刘言的监视下，江水无奈，只好一个人枯坐到六点，心想回去一定要搞清楚原因，然后狠狠咒骂他。

沈柯轩到底在想什么啊？才过两个月就厌倦她了？

分手，如果是这样，一定要分手！

说实话，江水心里是有点难过的。如果是这样，不就证明了当初她的忧虑成真了？

一路胡思乱想，她来到那栋别墅前。

天色已经暗了下来，路灯亮起。

她有点不敢上前了。

"汪呜……汪呜……"

大门那边传来熟悉的狗叫，是模特的叫声。

接着，它圆滚滚地跑过来，到她腿边撒欢，后面又响起几声声线稍粗的狗叫，沈柯轩家那只叫大胖的哈士奇像一大坨雪球一样扎实地滚了过来。

两只狗熟络地在草坪上打滚。

江水蹲下来抚摸，然后被两只狗领进大门，走到客厅。

她被震惊了。

桌子中间摆着一个三层蛋糕，小圆黄烛布置在周围发着点点温馨的光。

餐桌上摆着丰盛的晚餐,炭烤牛肉,鹅肝三文鱼,还有麻辣小龙虾……有人还在厨房忙碌。

江水走进厨房看到顾长的身影。

沈柯轩转过身,手里端着莲子银耳汤。

江水眼珠子都要掉下来了,伸出食指比画了半天。

"沈……沈柯轩……你,没想到啊!你居然还会做菜?"

"平时没空。"沈柯轩脸颊微微一红,镇定地说,"跟米其林餐厅的老师学过一点。"

他走出厨房将汤羹放在桌上,解开围兜,漫不经心地说:"菜我做的,碗你洗。"

"哇,这么多盘子啊!"江水撒开腿朝门口狂奔,"不了!这生日我不过了!"

沈柯轩很快追上,将她抵在门后。他低头,带有侵略性的目光从她脸上掠过,轻轻抬起她的下巴,一笑。

"晚了。"

他深沉而温柔地吻上她的唇。

江水闭上眼睛,嘴角扬起一丝笑意,细腻而笨拙地回应着。

他忽然松开她,刮了刮她的鼻子:"记得收拾。"

她才发觉自己满面通红,脸颊微烫,害羞地捂住自己的脸,嗔了句:"烦人!"

她还以为,还以为……

爱情不就是这样吗,因为一瞬间的心动,情不自禁地想要接近,会出乖露丑,会颜面全失,在对方面前展现最不完美的自己。

她会同意跟他在一起就是因为她想要跟他待在一起。

或许,从见到他的第一面开始,爱情就在她的心里埋下了种子。

他们会经常遇见,经常发生对手戏,从最初的傲慢与偏见,到战争与和平,从每一条对话发现能够相爱的契机,是因为他们相互吸引,相互成为对方的唯一。

"喂,沈柯轩,我爱你啊!"

"我也是,江水。"

- 完 -

番外一
今夜不让你入睡

没过多久，江水已经适应了百无聊赖的秘书生活，沈柯轩工作又晚，她回到家逗完狗，总第一时间冲到电脑桌前——毕竟那本书还没写完嘛，再说了，这几天正好要到高潮。

江水眼睛放光噼里啪啦打键盘，兴致正酣。沈柯轩推门而入，就看到一脸放荡对他眨巴眼的小女朋友，他顺了把自己头发，不应该，今天和平时帅得很一致，怎么就惹她如狼似虎地盯着自己了？

"吃饭了。"

"哎，就好就好！"

江水小鸡啄米似的点头，又敲下几行字，花蝴蝶一般飞出去，径直掠过自己的总裁男友，仿佛魂还没收回去。

被忽略的沈柯轩非常不爽，黑着脸走到电脑桌前，不知道江水到底中了什么邪。

他把屏幕掰正，光一亮，绿色护眼模式的 word 页面，黑色的字体所排列出来的内容，着实让他眼睛一辣。

"……沈轼面无表情地将小花逼到墙角，迫使他注视自己的眼睛……"

沈柯轩颤抖着把屏幕按下，坐在转椅里思考了许久的人生。

得出结论。

他该给江水一点来自正常取向的成年男子的教训。

晚上，月亮被挡在窗帘外，书房内是一种静谧的温馨，江水满足地码完今天的章节，伸伸懒腰。

"写完了？"沈柯轩坐在床头翻《相对论》。

"嗯，这两天写得好爽啊！"江水迫不及待地想回自己房间睡觉。

沈柯轩伸出一条手臂挡住她的去路。

"嗯？"江水看他嘴角一跳，突然有种不祥的预感，"大哥有事？"

"我看到你写的内容了。"

沈柯轩咬牙，尽量使自己语气平静，不因看到那些文字而起波澜。

江水往旁边挪了一步，装傻充愣："那又怎样？"

沈柯轩一笑："我觉得你写得不够真实。"

江水心头一跳。

沈柯轩站起身，双手抱臂，饶有兴致地看着她，唇齿轻启："我勉强可以，让你体验一下。"

江水双手护胸，小碎步往后退。

"你要干吗？

"你别过来……

"我要叫啦！"

沈柯轩单手撑住墙，把她罩在自己的臂弯下，笑得很温柔："尽管叫，叫出声算我输。"

"唔……"

江水的唇被沈柯轩轻柔而认真的吻封住。

晚风一吹，透过纱窗将布帘轻轻吹起，她从短暂的惊愕中回神，双颊绯红，害羞却勇敢地环住他的脖颈，月光透了进来。

绵长一吻。

她俏皮一笑，这笑容让他动情，在想要将她环在怀里之前，她却先一步伸出手，拽住他的衣领，慢慢凑过去，贴到他耳边。

他以为她终于可以将她平时常写的情话学以致用,她却突然很大声地一叫:"哇!"然后嘻嘻笑着跑开。

沈柯轩感到耳膜要被震裂,抓住窗帘拧得皱皱巴巴,竟敢玩弄他,还真是皮得一如既往啊。只不过,人就在家里,还能跑哪儿去了不成?

今夜不让你入睡……

番外二
喜欢口袋里有糖的那个小孩儿

上次在安诗韵家"谈生意",南华其实发现了一些东西。她去处理伤口的间隙,他不想干等着,起身转了转。

客厅沙发旁边是一片书柜,他踱着步随意浏览,目光停驻在一张相片上。

相片有些泛黄,里面七八岁年纪的"小男孩"一下子从他记忆深处鲜活起来。

"小男孩"奶声奶气地说:"喏,你以后就是我的好朋友啦!"

那是连江水都不知道的心事。

江水到外地读书,而他由于突然失去伙伴有些消沉。

一周一次的绘画班转来一个可爱的"小男孩",每天口袋里都有几颗甜甜的奶糖。

因此,狗腿的南华自然要趁机接近"他",和"他"交朋友。

"小男孩"没有什么心机,大大方方与南华分享甜甜的糖。

于是,南华觉得"他"好可爱,总是想要见到"他",只是后来他搬家了,就再没去绘画班了。

几年之后他重新记起这段往事,总不能早早跟喜欢写小说、脑洞大开的江水坦白。

坦白什么?他曾经这么期待见"糖果小男孩"?

江水那一支热爱"造谣"的烂笔绝对会让他火的。

但是——

他看到这张照片,忽然有一种,甜甜的奶糖滋味回到舌尖的感觉。相框的下方写着"安诗韵 七岁",记忆里的小男孩——竟然是安诗韵?

那时候她剃着短发,一副没长开的样子,谁知道是女生呢?

南华笑了笑,挠挠自己的头,看到安诗韵从拐弯处跑回来,短发一跳一跳的……

下戏后,天色已晚,南华被叫到安导的酒店房间。

她端坐在转椅里,一副正经的姿态。她化着妆,穿着正装小裙子、小皮鞋，甚至喷了香水。

他一被领进去，同事就关了房门，一看就知道这不是什么正经的召唤。

"咳，南华，知道我为什么叫你来吗？"她的语气有些发虚。

南华给自己找了位置坐下，微笑着说："知道啊，安导删了我的戏份，要补偿我什么？"

安诗韵的脸热了起来，怪空调调得太高。

她故作从容地说："那你不想把戏加回来吗，我可以给你指条明路。"她的心突然开始怦怦跳，有些懊悔自己为什么要"出此下策"。

南华眼睛眯了眯，大概是看穿了。

"删就删吧，我把剩下的演好就行了。"他做起身状，"没什么事的话我先走了。"

"等下！"安诗韵一下子急了，站起来，小高跟鞋差点不稳，支支吾吾地说，"不行！你不能这么走了，你……你……你要求我啊！"按她的设想，南华会因为戏被删掉而意志消沉，转而"羊入虎口"……

"啊？求你什么？"

安诗韵见他还没理解自己的意思，急得脸涨得通红："求我给你加回去啊！"她却忘了自己是怎么给沈柯轩出歪招的，太理想的设想放在自己这里依旧行不通。

"不用了吧……"

她终于憋不住闷吼:"用的!不然我怎么潜规则你啊!"

片刻沉默后,南华"噗"地轻笑出声,没有回话,只是眼神透出那么点不一样的情绪,转过身。

他走到门口的时候,回过头。

"我以前,喜欢一个小孩儿口袋里的糖,后来,我发现我是喜欢口袋里有糖的那个小孩儿,她是一个很可爱的小孩儿。晚安。"

后记

故事到这里就告一段落了。

不知道要说些什么，总觉得我也应该随着幕落隐到后台，但是仍然抱着"丑媳妇迟早要见公婆"的心态——如果有朋友能看到最后。

毕竟写这个故事还是有几多坎坷的，不详述了，总之和大家见了面！于我而言，已经是一个莫大的满足。

书里的人物，不用猜，肯定不是我本人啦。不过每个人物都有现实的原型，只不过这些原型糅杂了很多人的个性，其中当然也有大黄我本人。在某些方面，我不是个胆子很大的人。写这本书初衷是因为一个人，这也是坚持下去的动力。

　　书写到后期，各种压力纷至沓来，我甚至有过放弃的念头，可是一想到那个人，我总能重拾心情继续下笔。

　　江水承载着我的另一面，我的期待和我的大胆。她要代替我说我在现实里不敢说出的话，做不敢做出的事。

　　现实最终是遗憾的。我倒是一直觉得缺憾比完满更让人满足。可是，这也是基于现实不可轻易撼动的规律的一种自我安慰，在小说里，我想要给他们美好的结局。正如我想为现实里的"他们"拨开云雾。

　　在写的过程中，一度害怕母胎 solo 的自己写不好感情线，拿不准那种微妙的感觉。好像没有一点影响……机智如我，及时遇上一个喜欢的人并一直默默暗恋吧。

　　好了，老干部的正式发言到此结束，不能继续透露了！

　　自然，我可没忘记要特别感谢朋友小七、KG 和 Y，在我的唠叨当中不遗余力地帮我梳理思路、想点子，军功章上有你们一半的一半。

　　还有，非常感谢平台，我的编辑橘子，耐心又疯狂地催稿子，才让我战胜拖延、战胜懒癌，完成我的第一部小说，印出来的这种耶。

是的了，这是大黄第一次与大家见面，不足之处还请海涵，希望能被喜欢！

黄裳

扫码即可在喜马拉雅 FM 收听到这本书哦！

大鱼文化 & 小花阅读
面向全国招聘兼职签约作者
长期有效哦！

公司介绍：

　　大鱼文化是中国一线青春文学图书策划公司，多年来与数十家国内出版社深度合作，每年向市场推出三百余个品种的青春类畅销图书，每年签约推出新人作者近百名。

　　其中公司子品牌"小花阅读"立足传统纸质出版，引导青年休闲阅读风向，主力打造和发掘新人创作者，采用编辑指导创作模式，创作出适合市场的优质阅读产品。

　　现面向全国各高校招聘兼职新作者。

我们的工作说明：

　　还未毕业？有其他正式工作？看清楚了，我们这次招的就是兼职！
　　从未有过发表史？国内一线青春编辑亲自教你点滴成文！
　　想要出版一本属于自己的图书？国内一线出版公司专业签约护航！
　　想要一份收入稳定岁月静好的兼职工作？做做白日梦写写小说最适合不过。

兼职的要求及待遇：

　　年龄不限，学历不限；爱看小说，想要创作。
　　每天只要2~3个小时，日过稿只要三千字，宅在室内，风雨不惊，月兼职收入不低于三千元！

我们需求的题材　　清新恋爱，青春校园，都市言情，甜宠萌文，古风言情，悬疑推理，奇幻武侠，科幻冒险……

应聘的流程：

　　1. 上网下载一份标准简历模版，按自己的真实情况填写。
　　2. 自行构思一个自己最想创作的长篇故事内容，撰写三百字内容简介，将故事分为12~20个章节，每个章节用100字以内说明本节讲述的主要情节（内容简介和章节内容加起来不超过2000字）。
　　3. 将上述内容用WORD文档整理好，格式清楚，一起发送到以下邮箱：dayuxiaohua@sina.com　（两周内百分之百回复，如两周内未收到回复则可视为发送途中邮件丢失，可再次投递）。
　　4. 简历和创作大纲如有合作可能，公司将于两周内派出专业编辑一对一联系，进行下一步沟通，指导创作、签约等流程。如暂时不符合合作条件，则可再次努力。
　　5. 一经签约，作品将按国家出版规定签订标准出版合同，成为正式出版物，所有程序遵守国家法律法规要求。

其他说明：

　　了解大鱼文化图书产品风格类型，有助于提高签约成功率。

了解途径：

　　公司产品广布于全国各大新华书店青春文学专架、全国各大网络书城、淘宝大鱼文化图书专营店及各大天猫书店
　　微信公众号**"大鱼文学"**和**"大鱼小花阅读"**均有签约作者作品试读。
　　关注新浪微博官方号**"大鱼文学"**，有每月产品即时消息发布。

图书在版编目（CIP）数据

江编剧她到底想怎样 / 黄裳著.—石家庄：花山文艺出版社，2019.7
ISBN 978-7-5511-4640-1

Ⅰ.①江…Ⅱ.①黄…Ⅲ.①长篇小说－中国－当代Ⅳ.①I247.5

中国版本图书馆CIP数据核字(2019)第091415号

书　　名	江编剧她到底想怎样
著　　者	黄裳
出版统筹	张采鑫
特约编辑	杨吉晨
责任编辑	董　舸
责任校对	齐　欣
美术编辑	胡彤亮
封面设计	颜小曼
封面绘制	杨小洋
内文设计	孙欣瑞
出版发行	花山文艺出版社（邮政编码：050061）
	（河北省石家庄市友谊北大街330号）
销售热线	0311-88643221/29/35/26
传　　真	0311-88643225
印　　刷	长沙鸿发印务实业有限公司
经　　销	新华书店
开　　本	880×1230　1/32
印　　张	9.125
字　　数	260千字
版　　次	2019年6月第1版
	2019年6月第1次印刷
书　　号	ISBN 978-7-5511-4640-1
定　　价	36.80元

（版权所有　翻印必究·印装有误　负责调换）